瑞蘭國際

瑞蘭國際

瑞蘭國際

こんどうともこ 著／王愿琦 譯／元氣日語編輯小組 總策劃

史上最強！

30天搞定
新日檢
N5單字

必考單字＋實用例句＋擬真試題

作者序

検定試験合格を目指しながら、
語彙力アップにも使える実用的な一冊！

　本書は日本語能力試験N5合格を目指すとともに、初級語彙の復習と定着を図り、次のレベルへステップアップするための「語彙力」も養える優れた独習本です。試験対策としてはもちろんのこと、語彙力を増やしたい学習者に大いに役立つ内容となっています。

　学習語彙は実際の過去問を参考にし、膨大なデータを分析することで、出題率の高い語彙720語を厳選しました。また、品詞ごとに提示することで、覚えやすさにも配慮が施されています。それぞれの語彙には、分かりやすく実用的な例文をそれぞれ用意し、なおかつN5で必要な文法をできるだけ用いることで、語彙力アップのみならず文法アップも目指せる一冊となっています。さらに、語彙によっては「似：意味が似ている語彙」、「反：意味が反対の語彙」、「延：関連語」などを提示することで、自然と語彙を増やすことができます。

　一日に学ぶ語彙数は24個と、負担なく学べる量に設定しました。毎日コツコツと語彙量を増やし、30日間でN5試験に打ち勝つことができる構成です。そして、一日分24個の語彙を身につけたあとは、実力がチェックできるミニテストが用意され、学習の定着度を測ることも可能です。さらに、巻末には「附録」として解答と中国語訳も掲載されているので、現時点における弱点を一発で知ることができます。実力チェックを通して、分かったつもりでも実は分かっていなかったといったケアレスミスを回避し、確かな語彙力を身につけていきます。さらに、ネイティ

ブスピーカーによる音声付なので、耳からも覚えることができ、聴解力のアップにもつながります。

　最後に、本書があなたにとって日常生活の中であいさつを交わす友、あるいは分からないことを解決し、助言してくれる頼りになる先生となり、試験前の不安を取り除きながら、合格に向けて前進できることを願っています。

台北の自宅にて

こんどうともこ

本書特色（如何使用本書）

★必考單字依照「詞性」分類，最安心！

- 全書分為「名詞」、「い形容詞」、「な形容詞」、「動詞」、「副詞」、「外來語」、「其他」（接續詞、疑問詞、連體詞、代名詞、接續助詞）七大類，囊括所有必考詞性。

- 在背誦單字的同時，請養成銘記該單字詞性為何的習慣。因為日文所有的文法，都是依據詞性加以變化，所以了解詞性，就是奠定日文基礎的第一步。

★每日定量學習，只要30天，「文字・語彙」考科勝券在握！

- 本書規劃讓讀者運用30天學習必考單字，是可以火力全開、每天衝刺的天數。

- 日語檢定官方規定，N5必須具備的漢字量是300個，語彙量是1500個。本書每天精選24個單字，是不多不少，每天記得住的分量。

- 有別於市面上若干亂槍打鳥、抓不到重點的單字書，全書共720個必考單字，30天搞定N5單字就用這一本。

★「例句」皆符合N5程度，助您從容應對「文法」、「讀解」考科！

- 沒有例句的單字書，不僅容易猜錯意思，也無法掌握用法。本書每個單字依照用法不同，提供2個例句。

- 所有例句，除了重點單字之外，皆採用N5程度的相關文法以及單字來造句，可說是完全掌握N5重點，不會有過難或過簡單的問題；在記住N5單字的同時，同時也熟悉N5文法了。

★「標音、中譯」是最佳的輔助學習！

- 相對於一些以「中翻日」思維造出來的偽日文句子，本書的例句優美、活潑、不死板，除了對應日語檢定綽綽有餘外，也是真正生活中必用的佳句。

- 所有單字以及例句均附上日文標音以及中文翻譯，學習零負擔。

★「延伸學習」增加字彙量，學習零疏漏，實力加倍！

- 單字視情況，輔以多元學習，要讀者融會貫通、舉一反三！

  似：意思相似的單字

  反：意思相反的單字

  延：延伸學習的單字

★搭配「音檔」，除了可以隨時記憶，更是取得「聽解」考科高分的關鍵！

- 全書單字和例句，皆由日籍作者親自錄製標準日語朗讀音檔，掃描QR Code即可下載。
- 一邊聆聽一邊記憶，連N5「聽解」考科也一併準備好了！

★模擬實際日語檢定，「30回實力測驗」好扎實！

- 每日學習24個單字後的「實力測驗」，可以馬上檢視學習情況。
- 出題形式有「選出正確的讀音」、「選出正確的漢字」、「選出正確的單字」、「選出單字用法正確的句子」四種，皆是實際考試會出現的題型。
- 運用本書最後「附錄」中的解答與中文翻譯，釐清盲點，一試成功。

★「實力測驗」解答，釐清學習盲點！

- 本書最後的「附錄」中，有「實力測驗」的解答與中文翻譯。
- 做完測驗後，立即確認解答，釐清學習盲點，助讀者一試成功！

★附錄彙整N5必考「時間」以及「量詞」相關單字，考前總複習！

- 特別彙整「時間」相關單字：年、月份、日期、星期、整點、分鐘的說法。
- 還有「量詞」相關單字：基本的數量詞、物品的單位、百／千／萬的用法、樓層的說法。

如何掃描 QR Code 下載音檔

1. 以手機內建的相機或是掃描 QR Code 的 App 掃描封面的 QR Code。
2. 點選「雲端硬碟」的連結之後，進入音檔清單畫面，接著點選畫面右上角的「三個點」。
3. 點選「新增至「已加星號」專區」一欄，星星即會變成黃色或黑色，代表加入成功。
4. 開啟電腦，打開您的「雲端硬碟」網頁，點選左側欄位的「已加星號」。
5. 選擇該音檔資料夾，點滑鼠右鍵，選擇「下載」，即可將音檔存入電腦。

目次

第01～15天　名詞

完成請打 ✔

第20〜24天　動詞

完成請打 ✔

☐ **20**天　**動詞**
實力測驗 164

☐ **21**天　**動詞**
實力測驗 172

☐ **22**天　**動詞**
實力測驗 180

☐ **23**天　**動詞**
實力測驗 188

☐ **24**天　**動詞**
實力測驗 196

第25〜26天　副詞

完成請打 ✔

☐ **25**天　**副詞**
實力測驗 204

☐ **26**天　**副詞**
實力測驗 212

第27〜29天　外來語

完成請打 ✔

☐ **27**天　**外來語**
實力測驗 220

☐ **28**天　**外來語**
實力測驗 228

☐ **29**天　**外來語**
實力測驗 236

第30天　其他

完成請打 ✔

附錄

依詞性分類，用30天記憶N5必考單字：

□ 私（わたし）　　　　　　　　　　　　　　　我

例 私（わたし）は　学生（がくせい）です。
我是學生。

私（わたし）は　医者（いしゃ）では　ありません。
我不是醫生。

似 私（わたくし）我（「私（わたし）」的自謙、鄭重說法）

□ あなた　　　　　　　　　　　　　　　　　你

例 あなたは　外国人（がいこくじん）ですか。
你是外國人嗎？

あなたは　留学生（りゅうがくせい）ですか。
你是留學生嗎？

□ 自分（じぶん）　　　　　　　　　　　　　　自己

例 自分（じぶん）で　洗（あら）います。
自己洗。

自分（じぶん）の　ことは　自分（じぶん）で　します。
自己的事情自己處理。

□ 私（わたくし）　　　　　　　　　　　　　　我（「私（わたし）」的自謙、鄭重說法）

例 私（わたくし）は　鈴木（すずき）で　ございます。
敝姓鈴木。

それは　私（わたくし）の　鞄（かばん）で　ございます。
那是我的包包。

似 私（わたし）我

□ **男**（おとこ）　　　　　　　男、男生、男人

例 そっちは　男（おとこ）の　トイレです。
那邊是男生的廁所。

うちの　学校（がっこう）は　男（おとこ）しか　いません。
我們學校只有男生。

反 女（おんな）　女、女生、女人

□ **女**（おんな）　　　　　　　女、女生、女人

例 女（おんな）の　先生（せんせい）が　いいです。
女老師比較好。

女（おんな）の　生徒（せいと）は　あまり　いません。
不太有女學生。

反 男（おとこ）　男、男生、男人

□ **男の子**（おとこ こ）　　　　男孩

例 うちは　男（おとこ）の子（こ）が　３人（さんにん）　います。
我們家有3個男孩。

男（おとこ）の子（こ）は　力（ちから）が　強（つよ）いです。
男孩子的力氣大。

反 女（おんな）の子（こ）　女孩

□ **女の子**（おんな こ）　　　　女孩

例 次（つぎ）は　女（おんな）の子（こ）が　ほしいです。
下一個希望是女孩。

あの女（おんな）の子（こ）は　どこの　子（こ）ですか。
那個女孩是誰家的孩子呢？

反 男（おとこ）の子（こ）　男孩

□ **みんな**　　　　　　　　　　大家・各位

例　みんなで　遊<small>あそ</small>びましょう。
大家一起玩吧！

クラスの　みんなは　優<small>やさ</small>しいです。
班上的大家都很溫柔。

延　みなさん　大家、各位；「みんな」的尊敬用法

□ **みなさん**　　　　　　　　　大家、各位

例　みなさん、こちらへ　どうぞ。
各位，請到這邊來。

みなさんは　何<small>なに</small>が　したいですか。
大家想做什麼呢？

延　みんな　大家、各位

□ **大人<small>おとな</small>**　　　　　　　　　　成年人、大人

例　早<small>はや</small>く　大人<small>おとな</small>に　なりたいです。
想早點變成大人。

やっと　大人<small>おとな</small>に　なりました。
終於成為大人了。

反　子供<small>こども</small>　孩子、兒童

□ **子供<small>こども</small>**　　　　　　　　　　孩子、兒童

例　娘<small>むすめ</small>は　まだ　子供<small>こども</small>です。
女兒還是孩子。

子供<small>こども</small>は　半分<small>はんぶん</small>の　値段<small>ねだん</small>です。
小孩半價。

反　大人<small>おとな</small>　成年人、大人

□ 人^{ひと}　　　　　　　　　人

例 あの人^{ひと}は　誰^{だれ}ですか。
那個人是誰呢？
その人^{ひと}は　私^{わたし}の　おばさんです。
那個人是我的阿姨。

□ 方^{かた}　　　　　　　　　方向、人（「人^{ひと}」
　　　　　　　　　　　　　　的尊敬用法）

例 あの方^{かた}は　どなたですか。
那位是哪位呢？
その方^{かた}を　紹介^{しょうかい}して　ください。
請介紹那位（給我認識）。

□ 父^{ちち}　　　　　　　　　父、父親

例 父^{ちち}は　医者^{いしゃ}です。
父親是醫生。
父^{ちち}は　とても　優^{やさ}しいです。
父親非常溫柔。

□ 母^{はは}　　　　　　　　　母、母親

例 母^{はは}は　専業主婦^{せんぎょうしゅふ}です。
母親是家庭主婦。
母^{はは}は　とても　厳^{きび}しいです。
母親非常嚴格。

□ <ruby>兄<rt>あに</rt></ruby>

兄、哥哥、大伯子、姊夫

例 <ruby>兄<rt>あに</rt></ruby>は　エンジニアです。
哥哥是工程師。

<ruby>兄<rt>あに</rt></ruby>は　アメリカに　<ruby>住<rt>す</rt></ruby>んで　います。
哥哥住在美國。

□ <ruby>姉<rt>あね</rt></ruby>

姊姊、大姑子、大姨子、嫂嫂

例 <ruby>姉<rt>あね</rt></ruby>は　もう　<ruby>結婚<rt>けっこん</rt></ruby>して　います。
姊姊已經結婚了。

<ruby>明日<rt>あした</rt></ruby>、<ruby>姉<rt>あね</rt></ruby>と　<ruby>映画<rt>えいが</rt></ruby>を　<ruby>見<rt>み</rt></ruby>ます。
明天，要和姊姊看電影。

□ <ruby>弟<rt>おとうと</rt></ruby>

弟弟、小叔、小舅子

例 <ruby>弟<rt>おとうと</rt></ruby>は　まだ　<ruby>高校生<rt>こうこうせい</rt></ruby>です。
弟弟還是高中生。

<ruby>弟<rt>おとうと</rt></ruby>は　<ruby>宿題<rt>しゅくだい</rt></ruby>を　して　います。
弟弟正在做作業。

□ <ruby>妹<rt>いもうと</rt></ruby>

妹妹、小姑、小姨、弟妹

例 <ruby>妹<rt>いもうと</rt></ruby>は　<ruby>背<rt>せ</rt></ruby>が　<ruby>低<rt>ひく</rt></ruby>いです。
妹妹很矮。

わたしは　<ruby>妹<rt>いもうと</rt></ruby>が　<ruby>好<rt>す</rt></ruby>きです。
我喜歡妹妹。

□ **祖父**
そ ふ

祖父、外祖父

例 祖父は　入院して　います。
そ ふ　　にゅういん

祖父住院中。

毎朝、祖父と　公園を　散歩します。
まいあさ　そ ふ　　こうえん　　　さん ぽ

每天早上，和祖父在公園散步。

□ **祖母**
そ ぼ

祖母、外祖母

例 祖母は　今年で　８０才です。
そ ぼ　　ことし　　はちじゅっさい

祖母今年80歲。

祖母の　料理は　おいしいです。
そ ぼ　　りょうり

祖母做的菜很好吃。

□ **伯父 / 叔父**
お じ　　お じ

伯父、叔父、舅父、姑
父、姨父、（泛指一般
中年男性的）大叔

例 伯父は　お巡りさんです。
お じ　　まわ

伯父是警察。

叔父は　お金持ちです。
お じ　　かね も

叔父是有錢人。

□ **伯母 / 叔母**
お ば　　お ば

伯母、叔母、舅母、姑
母、姨母、（泛指一般
中年女性的）大嬸

例 先月、伯母が　亡くなりました。
せんげつ　お ば　　な

上個月，伯母去世了。

叔母は　郵便局に　勤めて　います。
お ば　　ゆうびんきょく　　つと

叔母在郵局工作。

實力測驗！

問題 1. ＿＿＿＿＿ の ことばは どう よみますか。1・2・3・4から いちばん いい ものを ひとつ えらんで ください。

1. （　　） うちに <u>子供</u>は いません。

    ①ことも　　　　②こども　　　　③こもと　　　　④こもど

2. （　　） おさらは <u>自分</u>で あらいます。

    ①しふん　　　　②じふん　　　　③しぶん　　　　④じぶん

3. （　　） <u>妹</u>は きっさてんで はたらいて います。

    ①いもうと　　　②しもうと　　　③いもとう　　　④しもとう

問題 2. ＿＿＿＿＿ の ことばは どう かきますか。1・2・3・4から いちばん いい ものを ひとつ えらんで ください。

1. （　　） <u>そぼ</u>は もう いません。

    ①祖母　　　　　②祖父　　　　　③叔父　　　　　④叔母

2. （　　） <u>わたし</u>は らいねん だいがくせいに なります。

    ①人　　　　　　②彼　　　　　　③私　　　　　　④弟

3. （　　） <u>あね</u>は ぎんこうに つとめて います。

    ①母　　　　　　②父　　　　　　③兄　　　　　　④姉

問題 3. （　　　　） に ふさわしい ものは どれですか。1・2・3・4 から いちばん いい ものを ひとつ えらんで ください。

1. あの （　　　　） は どなたですか。

    ①あに　　　　　②いけ　　　　　③かた　　　　　④にく

2. ちちの　いもうとは　（　　　　）です。
　　①はは　　　　　　②そぼ　　　　　　③おじ　　　　　④おば

3. ははの　あには　（　　　　）の　おじです。
　　①あたま　　　　　②わたし　　　　　③たまご　　　　④しごと

問題4. つぎの　ことばの　つかいかたで　いちばん　いい　ものを　1・2・3・4から　ひとつ　えらんで　ください。

1. おとこ
　　①へやに　でんきの　おとこが　ついて　います。
　　②週末、おとこへ　およぎに　いきませんか。
　　③どこかで　へんな　おとこが　きこえます。
　　④門の　ところに　おとこの　ひとが　たって　います。

2. みんな
　　①かぞく　みんなで　あそびに　きて　ください。
　　②けさは　みんなに　おきました。
　　③くろの　えんぴつか　みんなで　かいて　ください。
　　④れいぞうこには　みんな　ありません。

3. おんなのこ
　　①ともだちに　おんなのこを　かけましょう。
　　②しょくどうで　おんなのこを　たべました。
　　③こうえんで　おんなのこが　さんにん　あそんで　います。
　　④きょうしつに　おんなのこが　ごにん　あります。

□ **家族**
<small>か ぞく</small>

家族、家屬、家人

例 うちは 5人 家族です。
<small>ご にん</small> <small>か ぞく</small>
我家是5個人的家庭。

家族で 旅行に 行きます。
<small>か ぞく</small> <small>りょこう</small> <small>い</small>
全家一起去旅行。

□ **家庭**
<small>か てい</small>

家庭

例 夫は 家庭の ことは 何も しません。
<small>おっと</small> <small>か てい</small> <small>なに</small>
丈夫家裡的事情什麼都不做。

家庭を 大事に して います。
<small>か てい</small> <small>だい じ</small>
重視家庭。

延 **家族** 家族、家屬、
<small>か ぞく</small>
家人

□ **両親**
<small>りょうしん</small>

雙親、父母親

例 両親は どちらも 元気です。
<small>りょうしん</small> <small>げん き</small>
父母親不管哪一位都很健康。

両親は 別の ところに 住んで います。
<small>りょうしん</small> <small>べっ</small> <small>す</small>
父母親住在別的地方。

似 **父母** 父母
<small>ふ ぼ</small>

□ **兄弟**
<small>きょうだい</small>

手足、兄弟姊妹

例 兄弟が いますか。
<small>きょうだい</small>
有兄弟姊妹嗎?

兄弟は いません。
<small>きょうだい</small>
沒有兄弟姊妹。

延 **姉妹** 姊妹
<small>し まい</small>

□ **お父さん**

尊稱自己和別人的父親

例 お父さんは　先生ですか。
令尊是老師嗎？

彼の　お父さんは　医者です。
他的父親是醫生。

□ **お母さん**

尊稱自己和別人的母親

例 お母さんは　料理が　上手ですか。
令堂很會做菜嗎？

彼女の　お母さんも　先生です。
她的母親也是老師。

□ **お兄さん**

尊稱自己和別人的哥哥

例 お兄さんは　今、家に　いますか。
哥哥現在，在家嗎？

彼の　お兄さんは　弁護士です。
他的哥哥是律師。

□ **お姉さん**

尊稱自己和別人的姊姊

例 彼女の　お姉さんは　きれいです。
她的姊姊很漂亮。

あなたの　お姉さんに　会いたいです。
想見你的姊姊。

□ **弟さん**　　　　　　　　　尊稱別人的弟弟

例　弟さんは　まだ　学生ですか。
你的弟弟還是學生嗎？

弟さんは　今、夏休みですか。
你的弟弟現在放暑假嗎？

□ **妹さん**　　　　　　　　　尊稱別人的妹妹

例　妹さんは　可愛いです。
你的妹妹很可愛。

妹さんは　結婚して　いますか。
你的妹妹結婚了嗎？

□ **お爺さん**　　　　　　　　尊稱自己和別人的祖父；老爺爺（對一般年老男性的敬稱）

例　お爺さんは　お元気ですか。
你的爺爺好嗎？

あのうちの　お爺さんは　うるさいです。
那家的爺爺很囉嗦。

□ **お婆さん**　　　　　　　　尊稱自己和別人的祖母；老奶奶（對一般年老女性的敬稱）

例　お婆さんは　もう　退院しましたか。
你的奶奶已經出院了嗎？

お婆さんは　明日　誕生日ですか。
你的奶奶明天生日嗎？

□ **おじさん**

尊稱自己和別人的伯父、叔父、舅父、姑父、姨父；大叔（對一般中年男性的敬稱）

例 おじさんは　お酒^{さけ}を　飲^のみますか。
你的叔叔會喝酒嗎？

あのおじさんは　怖^{こわ}いです。
那個大叔很恐怖。

□ **おばさん**

尊稱自己和別人的伯母、叔母、舅母、姑母、姨母；大嬸（對一般中年女性的敬稱）

例 あのおばさんが　飴^{あめ}を　くれました。
那個阿姨給我糖果了。

近所^{きんじょ}の　おばさんは　うるさいです。
鄰居大嬸很囉嗦。

□ **友^{とも}だち**

朋友

例 友^{とも}だちが　ほしいです。
想要朋友。

息子^{むすこ}は　友^{とも}だちが　いません。
兒子沒有朋友。

□ **先生^{せんせい}**

老師

例 将来^{しょうらい}、先生^{せんせい}に　なりたいです。
將來，想成為老師。

似 **教師^{きょうし}** 教師

わたしの　父^{ちち}は　先生^{せんせい}です。
我的父親是老師。

□ 学生（がくせい）

學生（尤其是指大學生）

例 わたしは まだ 学生（がくせい）です。
我還是學生。

あなたは どこの 学生（がくせい）ですか。
你是哪個學校的學生呢？

似 生徒（せいと） 學生（尤其是指國中生、高中生）

□ 生徒（せいと）

學生（尤其是指國中生、高中生）

例 うちの 生徒（せいと）は みんな 可愛（かわい）いです。
我們班的學生大家都很可愛。

わたしは ここの 生徒（せいと）です。
我是這裡的學生。

似 学生（がくせい） 學生（尤其是指大學生）

□ 医者（いしゃ）

醫生、大夫

例 医者（いしゃ）は とても 忙（いそが）しいです。
醫生非常忙碌。

あの医者（いしゃ）は たいへん 有名（ゆうめい）です。
那位醫生非常有名。

延 病院（びょういん） 醫院
病気（びょうき） 病、疾病

□ 看護師（かんごし）

護理師

例 看護師（かんごし）は すばらしい 仕事（しごと）です。
護理師是了不起的工作。

姉（あね）は 昔（むかし）、看護師（かんごし）でした。
姊姊以前是護理師。

□ **警官**（けいかん）

警察

例 警官（けいかん）は　泥棒（どろぼう）を　捕（つか）まえます。
警察逮捕小偷。

彼（かれ）の　お父（とう）さんは　警官（けいかん）です。
他的父親是警察。

似 警察官（けいさつかん）　警察
　　お巡（まわ）りさん　警察

□ **奥さん**（おく）

夫人（尊稱別人的妻子）

例 彼（かれ）の　奥（おく）さんは　大使館（たいしかん）に　勤（つと）めて　います。
他的夫人在大使館工作。

奥（おく）さんは　お元気（げんき）ですか。
尊夫人好嗎？

延 妻（つま）　妻
　　家内（かない）　內人（謙稱自己的妻子）

□ **外国人**（がいこくじん）

外國人

例 あなたは　外国人（がいこくじん）ですか。
你是外國人嗎？

わたしは　外国人（がいこくじん）では　ありません。
我不是外國人。

延 外国（がいこく）　外國

□ **留学生**（りゅうがくせい）

留學生

例 大学（だいがく）に　留学生（りゅうがくせい）は　いますか。
大學裡有留學生嗎？

留学生（りゅうがくせい）も　同（おな）じ　試験（しけん）を　受（う）けます。
留學生也是參加同樣的考試。

延 世界（せかい）　世界

實力測驗！

問題 1. _____ の ことばは どう よみますか。1・2・3・4から
いちばん いい ものを ひとつ えらんで ください。

1. (　　) ジョンさんは 留学生です。
　　　①るいがくせい　　　　　　②るうがくせい
　　　③りょうがくせい　　　　　④りゅうがくせい

2. (　　) 佐藤さんは おんがくの 先生です。
　　　①せんせい　　②せきせい　　③せいせん　　④せいせき

3. (　　) 警官は わるい 人を つかまえます。
　　　①けいさつ　　②じんかん　　③けんけい　　④けいかん

問題 2. _____ の ことばは どう かきますか。1・2・3・4から
いちばん いい ものを ひとつ えらんで ください。

1. (　　) わたしは いしゃに なりたいです。
　　　①医師　　　　②医者　　　　③医人　　　　④医生

2. (　　) 京都には がいこくじんが たくさん います。
　　　①国際人　　　②国外人　　　③外交人　　　④外国人

3. (　　) このしょうがっこうの せいとは すばらしいです。
　　　①生徒　　　②学生　　　③子名　　　④学子

問題 3. (　　　　) に ふさわしい ものは どれですか。1・2・3・4
から いちばん いい ものを ひとつ えらんで ください。

1. せんせいの (　　　　)も せんせいです。
　①わたくし　　　②おくさん　　　③みなさん　　　④こうえん

2. ちちは　（　　　　）を　たいせつに　して　います。

　　①はたち　　　　　②びょうき　　　　③かてい　　　　④むこう

3. 李さんは　ろくにん　（　　　　）です。

　　①こうさてん　　　②てんき　　　　　③けっこん　　　④きょうだい

問題4. つぎの　ことばの　つかいかたで　いちばん　いい　ものを　1・2・3・4から　ひとつ　えらんで　ください。

1. かんごし

　　①12じに　かんごしで　あいましょう。

　　②あねは　びょういんで　かんごしを　して　います。

　　③やおやの　かんごしは　やすくて、おいしいです。

　　④かんごしは　ゆうびんきょくで　はたらきます。

2. りょうしん

　　①りょうしんは　がいこくに　すんで　います。

　　②がっこうの　りょうしんで　まなんで　います。

　　③デパートで　りょうしんを　ふたつ　かいました。

　　④バスの　りょうしんは　やすいです。

3. かぞく

　　①じてんしゃで　かぞくへ　いきました。

　　②こうえんに　かぞくが　たくさん　さきました。

　　③あのかぞくは　なんにちですか。

　　④うちは　はちにん　かぞくです。

□ **体**（からだ）

身體、身材

例 祖父は 体が 丈夫です。
そふ　　からだ　　じょうぶ
祖父的身體很健康。

あの人の 体は 大きいです。
ひと　　からだ　　おお
那個人身材高大。

□ **目**（め）

眼睛、眼球、視力

例 娘の 目は 大きいです。
むすめ　め　　おお
女兒的眼睛很大。

延 視力（しりょく） 視力

目が とても 痛いです。
め　　　　　いた
眼睛非常痛。

□ **鼻**（はな）

鼻子

例 彼女は 鼻が 高いです。
かのじょ　　はな　　たか
她的鼻子很高。

延 匂い（にお） 氣味、香味

鼻の 穴に 何か 入りました。
はな　　あな　　なに　　はい
鼻孔有什麼跑進來了。

□ **耳**（みみ）

耳朵、聽力、（器物的）提手、（麵包、布、紙張的）邊

例 祖母は 耳が 悪いです。
そぼ　　みみ　　わる
祖母的聽力不好。

延 音（おと） （大自然、物品產生的）聲音

声（こえ） （人或獸透過發聲器官發出的）聲音

耳が 遠く なりました。
みみ　　とお
聽力變差了。

□ **口** (くち)

口、嘴、出入口、口味

例 **口**(くち)を 大(おお)きく 開(あ)けて ください。
請把嘴巴張大。

料理(りょうり)は 口(くち)に 合(あ)いましたか。
料理合口味嗎？

延 **唇**(くちびる) 嘴唇
味(あじ) 味道、滋味

□ **頭** (あたま)

頭、腦袋

例 **頭**(あたま)が 痛(いた)いから、休(やす)みます。
因為頭很痛，所以請假。

彼(かれ)は 頭(あたま)が いいです。
他的腦袋很好。

延 **脳**(のう) 腦、腦筋

□ **顔** (かお)

臉、表情、容貌、名望

例 **顔**(かお)を 洗(あら)ってから、歯(は)を 磨(みが)きます。
洗臉之後，刷牙。

あの歌手(かしゅ)は 顔(かお)が よくないです。
那個歌手的容貌不好看。

□ **歯** (は)

牙齒

例 **昨日**(きのう)から 歯(は)が 痛(いた)いです。
從昨天開始，牙齒就很痛。

彼女(かのじょ)の 歯(は)は 白(しろ)くて、きれいです。
她的牙齒既潔白又漂亮。

□ 手 （て）

手

例 手を よく 洗いましょう。
好好洗手吧！

手で ご飯を 食べないで ください。
請不要用手吃飯。

延 指 （ゆび） 手指、腳趾

□ 足 （あし）

腳、腿

例 うちの 犬は 足が 短いです。
我家的狗腿很短。

海で 足に 砂が つきました。
在海邊腳沾到沙了。

□ 背 ／ 背 （せ／せい）

後背、個子、身高

例 兄は わたしより 背が 低いです。
哥哥個子比我矮。

わたしは あまり 背が 高くないです。
我的身高不太高。

□ お腹 （なか）

肚子

例 お腹が 空きました。
肚子餓了。

彼女は お腹が 大きいです。
她的肚子很大。

□ **お尻**（しり）　　　　臀部、屁股

例　お尻に　何か　ついて　います。
屁股沾上了什麼。

母の　お尻は　とても　大きいです。
媽媽的屁股非常大。

□ **声**（こえ）　　　　（人或獸透過發聲器官發出的）聲音

例　外から　子供の　声が　聞こえました。
從外面傳來了孩子的聲音。

延 音（おと）（物品的）聲音

彼女の　声は　美しいです。
她的聲音很優美。

□ **音**（おと）　　　　（大自然、物品產生的）聲音

例　変な　音が　しませんか。
有沒有聽到奇怪的聲音？

延 声（こえ）（人或獸發出的）聲音

ラジオの　音を　小さく　して　ください。
請把收音機的聲音關小。

□ **国**（くに）　　　　國、國家、地域

例　国は　どちらですか。
您來自哪一個國家呢？

延 国家（こっか）國家
　　世界（せかい）世界

いろいろな　国に　行きたいです。
想去各式各樣的國家。

□ **町** まち

城鎮、（日本行政
區域的）町、街道

例 となりの 町から 来ました。
まち き
來自隔壁的城鎮。

この町は にぎやかです。
まち
這個城鎮很熱鬧。

□ **村** むら

村、村莊、鄉村

例 村には 自然が たくさん あります。
むら しぜん
鄉村裡有許多大自然。

この村は 静かです。
むら しず
這個村莊很安靜。

□ **道** みち

道路、手段、領域

例 人に 道を 聞きます。
ひと みち き
向人問路。

似 **道路** 道路、公路
どう ろ

この辺の 道は よく 分かりません。
へん みち わ
不太清楚這附近的道路。

□ **道路** どう ろ

道路、公路

例 この道路は 広いです。
どう ろ ひろ
這條道路很寬。

似 **道** 道路
みち

あの道路は 今、工事中です。
どう ろ いま こう じ ちゅう
那條公路現在正在施工中。

□ **角**（かど）　　　　　　　　　　　角、轉角

（例）あの角（かど）を　曲（ま）がって　ください。
請在那個轉角轉彎。

机（つくえ）の　角（かど）で　怪我（けが）しました。
因為（撞到）桌角受傷了。

□ **公園**（こうえん）　　　　　　　　公園

（例）毎朝（まいあさ）、公園（こうえん）を　散歩（さんぽ）します。
每天早上，在公園散步。

子供（こども）たちは　公園（こうえん）で　遊（あそ）んで　います。
孩子們正在公園遊玩。

□ **池**（いけ）　　　　　　　　　　　池、水池

（例）この池（いけ）に　魚（さかな）は　いません。
這個池子裡沒有魚。

延　湖（みずうみ）

池（いけ）の　中（なか）に　何（なに）か　いますか。
池子裡有什麼嗎？

□ **庭**（にわ）　　　　　　　　　　　庭園、庭院、（農家的）場院

（例）庭（にわ）に　花（はな）が　たくさん　咲（さ）いて　います。
庭院裡開著很多花。

庭（にわ）が　ある家（いえ）が　ほしいです。
想要擁有有庭院的家。

實力測驗！

問題1. _____ の ことばは どう よみますか。1・2・3・4から
いちばん いい ものを ひとつ えらんで ください。

1. (　　) <u>庭</u>に ねこが います。
　　①にわ　　　　②わに　　　　③いし　　　　④しい

2. (　　) あのひとは <u>村</u>で いちばん えらい 人です。
　　①よる　　　　②くに　　　　③むら　　　　④まち

3. (　　) こうえんに <u>池</u>が 3つ あります。
　　①しま　　　　②かわ　　　　③かき　　　　④いけ

問題2. _____ の ことばは どう かきますか。1・2・3・4から
いちばん いい ものを ひとつ えらんで ください。

1. (　　) あのこは <u>からだ</u>が よわいです。
　　①心　　　　②体　　　　③頭　　　　④腹

2. (　　) あには <u>あたま</u>が よくて、かおも いいです。
　　①面　　　　②背　　　　③顔　　　　④頭

3. (　　) <u>は</u>が いたいから、はいしゃへ 行きます。
　　①鼻　　　　②歯　　　　③目　　　　④口

問題3. (　　　　) に ふさわしい ものは どれですか。1・2・3・4
から いちばん いい ものを ひとつ えらんで ください。

1. むすめは (　　　　)で あそんで います。
　①おみやげ　　　②いちばん　　　③こうえん　　　④のみもの

2. そろそろ　（　　　　）が　空きました。

　　①あたま　　　　　②おしり　　　　　③おなか　　　　④どうろ

3. こうさてんの　（　　　　）を　まがって　ください。

　　①しお　　　　　　②くに　　　　　　③とき　　　　　④かど

問題 4. つぎの　ことばの　つかいかたで　いちばん　いい　ものを　1・
　　　　 2・3・4から　ひとつ　えらんで　ください。

1. こえ

　　①むしの　こえが　きこえます。

　　②そとに　こえが　いますか。

　　③きょうは　たいふうで　こえが　つよいです。

　　④ここに　こえを　すてないで　ください。

2. みち

　　①わたしの　かぞくは　みちです。

　　②ははの　おとこの　みちは　おじさんです。

　　③おばあさんに　みちを　おしえました。

　　④おじは　みちより　5さい　上です。

3. みみ

　　①えいごの　みみを　ききましょう。

　　②さいきん　みみが　とおく　なりました。

　　③おとうとは　らいねんから　みみです。

　　④あした、ともだちと　みみへ　いきます。

□ **食べ物** _{た もの}　　　食物、吃的東西

例 どんな 食べ物が 好きですか。
喜歡什麼樣的食物呢？

スーパーで 食べ物を 買いましょう。
在超級市場買食物吧！

似 **食料** _{しょくりょう} 食物、食品的原料

□ **飲み物** _{の もの}　　　飲料

例 冷蔵庫に 飲み物が たくさん あります。
冰箱裡有很多飲料。

何か 飲み物が ほしいです。
想要喝點什麼飲料。

似 **ドリンク** 飲料

□ **ご飯** _{はん}　　　飯、米飯、白飯

例 日本の ご飯は おいしいです。
日本的米飯很好吃。

ちょうど ご飯の 時間です。
剛好是吃飯的時間。

似 **ライス** 白飯
延 **米** _{こめ} 稻米

□ **果物** _{くだもの}　　　水果

例 台湾の 果物は 世界一です。
台灣的水果是世界第一。

どんな 果物が 苦手ですか。
怕吃什麼樣的水果呢？

似 **フルーツ** 水果

□ 野菜 <ruby>野菜<rt>やさい</rt></ruby>

蔬菜

例 <ruby>野菜<rt>やさい</rt></ruby>を　たくさん　<ruby>食<rt>た</rt></ruby>べましょう。
多吃蔬菜吧！

<ruby>毎日<rt>まいにち</rt></ruby>　<ruby>野菜<rt>やさい</rt></ruby>を　<ruby>食<rt>た</rt></ruby>べなさい。
每天要吃蔬菜！

延 サラダ　沙拉

□ 魚 <ruby>魚<rt>さかな</rt></ruby>

魚、魚類

例 <ruby>魚<rt>さかな</rt></ruby>は　あまり　<ruby>好<rt>す</rt></ruby>きでは　ありません。
不太喜歡魚。

<ruby>今夜<rt>こんや</rt></ruby>は　<ruby>魚<rt>さかな</rt></ruby>を　<ruby>食<rt>た</rt></ruby>べましょう。
今天晚上吃魚吧！

延 <ruby>海<rt>うみ</rt></ruby>　海、海洋
　　<ruby>釣<rt>つ</rt></ruby>り　釣魚

□ 肉 <ruby>肉<rt>にく</rt></ruby>

肉、肌肉、肉類

例 <ruby>肉<rt>にく</rt></ruby>ばかり　<ruby>食<rt>た</rt></ruby>べないで　ください。
請不要光吃肉。

どんな　<ruby>肉<rt>にく</rt></ruby>が　<ruby>好<rt>す</rt></ruby>きですか。
喜歡什麼樣的肉類呢？

□ 豚肉 <ruby>豚肉<rt>ぶたにく</rt></ruby>

豬肉

例 <ruby>豚肉<rt>ぶたにく</rt></ruby>は　よく　<ruby>焼<rt>や</rt></ruby>いて　ください。
豬肉請烤熟。

<ruby>彼女<rt>かのじょ</rt></ruby>は　<ruby>豚肉<rt>ぶたにく</rt></ruby>を　<ruby>食<rt>た</rt></ruby>べません。
她不吃豬肉。

似 ポーク　豬肉

□ 牛肉 （ぎゅうにく）　牛肉

例 牛肉は 豚肉（ぶたにく）より 高（たか）いです。
牛肉比豬肉貴。

兄（あに）は 牛肉（ぎゅうにく）しか 食（た）べません。
哥哥只吃牛肉。

似 ビーフ 牛肉

□ 鶏肉 （とりにく）　雞肉

例 まず 鶏肉（とりにく）を 切（き）ります。
先切雞肉。

鶏肉（とりにく）で スープを 作（つく）ります。
用雞肉做湯。

似 チキン 雞肉、小雞

□ 卵 （たまご）　蛋、雞蛋

例 毎朝（まいあさ）、パンと 卵（たまご）を 食（た）べます。
每天早上，吃麵包和蛋。

卵（たまご）で いろいろな 料理（りょうり）を 作（つく）ります。
用蛋做各式各樣的料理。

□ 料理 （りょうり）　菜、料理

例 この店（みせ）の 料理（りょうり）は まずいです。
這家店的菜很難吃。

母（はは）の 料理（りょうり）は ほんとうに おいしいです。
母親做的菜真的很好吃。

□ 朝ご飯
（あさ　はん）

早餐、早飯

例 朝ご飯は　かならず　食べます。
（あさ　はん　　　　　　　た）
早餐一定會吃。

今日の　朝ご飯は　何でしたか。
（きょう　あさ　はん　なん）
今天的早餐吃了什麼呢？

似 ブレックファースト
早餐、早飯

□ 昼ご飯
（ひる　はん）

午餐、午飯

例 もう　昼ご飯を　食べましたか。
（ひる　はん　た）
已經吃午飯了嗎？

いつも　昼ご飯は　食べません。
（ひる　はん　た）
總是不吃午飯。

似 ランチ　午餐、午飯

□ 晩ご飯
（ばん　はん）

晚餐、晚飯

例 晩ご飯は　何が　いいですか。
（ばん　はん　なに）
晚飯要吃什麼好呢？

晩ご飯を　食べる前に、お酒を　飲みます。
（ばん　はん　た　まえ　　さけ　　の）
吃晚餐之前會喝酒。

似 夕飯　晚餐、晚飯
（ゆうはん）
ディナー　晚餐、晚飯

□ 夕飯
（ゆうはん）

晚餐、晚飯

例 夕飯は　子供と　2人で　食べます。
（ゆうはん　こども　ふたり　た）
晚飯和小孩2個人一起吃。

母は　今、夕飯を　作って　います。
（はは　いま　ゆうはん　つく）
媽媽現在正在做晚餐。

似 晩ご飯　晚餐、晚飯
（ばん　はん）
ディナー　晚餐、晚飯

□ **お弁当** べんとう
便當

例 いつも 自分で お弁当を 作ります。
じぶん べんとう つく
總是自己做便當。

お弁当を 家に 忘れました。
べんとう いえ わす
把便當忘在家裡了。

□ **お菓子** かし
（米、小麥、豆類為主要原料的）點心、糕點、零食

例 子供は お菓子が 好きです。
こども かし す
小孩都喜歡零食。

３時に お菓子を 食べましょう。
さんじ かし た
3點來吃點心吧！

延 スイーツ 甜點（尤其是指西式）

おやつ 午後（3點前後的）點心

□ **飴** あめ
糖果

例 飴は 歯に 悪いです。
あめ は わる
糖果對牙齒不好。

娘は 飴を ほしがります。
むすめ あめ
女兒想要糖果。

延 お菓子 （米、小麥、豆類為主要原料的）點心、糕點
かし

ケーキ 蛋糕

□ **水** みず
水、冷水

例 この川の 水は きれいです。
かわ みず
這條河川的水很乾淨。

水を たくさん 飲みましょう。
みず の
多喝水吧！

□ **お茶**〔ちゃ〕 茶

例 どんな お茶が 好きですか。
喜歡什麼樣的茶呢？

冷たい お茶は ありますか。
有冰的茶嗎？

□ **紅茶**〔こうちゃ〕 紅茶

例 この紅茶は 甘いです。
這個紅茶很甜。

イギリスの 紅茶は 有名です。
英國的紅茶很有名。

□ **牛乳**〔ぎゅうにゅう〕 牛奶

例 牛乳は 骨に いいです。
牛奶對骨骼很好。

寝る前に、牛乳を 飲みました。
睡覺前，喝牛奶了。

似 ミルク 牛奶
延 牛〔うし〕 牛

□ **お酒**〔さけ〕 酒

例 父は 毎晩、お酒を 飲みます。
父親每天晚上喝酒。

お酒を 飲みながら、話を します。
一邊喝酒，一邊說話。

延 日本酒〔にほんしゅ〕 日本酒
ビール 啤酒
ワイン 葡萄酒

041

實力測驗！

問題 1. ＿＿＿＿ の　ことばは　どう　よみますか。1・2・3・4から
　　　　いちばん　いい　ものを　ひとつ　えらんで　ください。

1. （　　　）お酒は　こめで　つくります。
　　　　①おみず　　　②おしり　　　③おさけ　　　④おかし

2. （　　　）牛乳は　すきでは　ありません。
　　　　①ぎゅうにく　②ぎゅうにゅう　③ぎょうにく　④ぎょうにゅう

3. （　　　）わたしは　料理が　きらいです。
　　　　①りょこう　　②りょうり　　③りゅこう　　④りゅうり

問題 2. ＿＿＿＿ の　ことばは　どう　かきますか。1・2・3・4から
　　　　いちばん　いい　ものを　ひとつ　えらんで　ください。

1. （　　　）ぶたにくを　きったあと、あじを　つけます。
　　　　①牛肉　　　　②豚肉　　　　③鶏肉　　　　④魚肉

2. （　　　）ごはんと　パン、どちらが　いいですか。
　　　　①ご米　　　　②ご飯　　　　③ご麦　　　　④ご麺

3. （　　　）なにか　のみものは　ありませんか。
　　　　①喉み物　　　②吸み物　　　③食み物　　　④飲み物

問題 3. （　　　　　）に　ふさわしい　ものは　どれですか。1・2・3・4
　　　　から　いちばん　いい　ものを　ひとつ　えらんで　ください。

1. うみで　おおきい　（　　　　　）を　つりました。
　　①さかな　　　　②にく　　　　③とけい　　　④おかし

2. 6時はんに　（　　　　）を　たべました。
　　①けいさつ　　　　②ゆうはん　　　③いもうと　　　④こうちゃ

3. まいにち　（　　　　）を　たくさん　たべましょう。
　　①やさい　　　　　②やおや　　　　　③おかね　　　　④てんき

問題4. つぎの　ことばの　つかいかたで　いちばん　いい　ものを　1・
**　　　　2・3・4から　ひとつ　えらんで　ください。**

1. あめ
　　①あめで　シャツを　あらいます。
　　②あのあめは　りゅうがくせいです。
　　③いけに　あめが　たくさん　います。
　　④あめは　さとうで　つくります。

2. くだもの
　　①しょうらい、くだものに　なりたいです。
　　②こうえんに　くだものが　たくさん　はしって　います。
　　③どんな　くだものが　すきですか。
　　④わたしの　かぞくは　くだものと　やさいです。

3. おべんとう
　　①ねるまえに、おべんとうに　はいりましょう。
　　②おべんとうに　にくを　いれて　ください。
　　③ほかの　おべんとうに　きいて　ください。
　　④あのおべんとうは　せんせいでした。

□ 砂糖 <ruby>砂<rt>さ</rt></ruby><ruby>糖<rt>とう</rt></ruby>

糖、砂糖

例 <ruby>紅茶<rt>こうちゃ</rt></ruby>に　<ruby>砂糖<rt>さとう</rt></ruby>を　<ruby>入<rt>い</rt></ruby>れますか。
紅茶裡要加糖嗎？

<ruby>砂糖<rt>さとう</rt></ruby>は　<ruby>入<rt>い</rt></ruby>れないで　ください。
請不要加糖。

延 <ruby>調味料<rt>ちょうみりょう</rt></ruby> 調味料
　<ruby>甘<rt>あま</rt></ruby>い 甜的

□ 塩 <ruby>塩<rt>しお</rt></ruby>

鹽

例 <ruby>塩<rt>しお</rt></ruby>で　<ruby>味<rt>あじ</rt></ruby>を　つけました。
用鹽調味了。

<ruby>野菜<rt>やさい</rt></ruby>を　<ruby>塩<rt>しお</rt></ruby>だけで　<ruby>食<rt>た</rt></ruby>べます。
吃蔬菜只加鹽。

延 しょっぱい 鹹的
　<ruby>塩辛<rt>しおから</rt></ruby>い 鹹的

□ 醤油 <ruby>醤<rt>しょう</rt></ruby><ruby>油<rt>ゆ</rt></ruby>

醬油

例 <ruby>醤油<rt>しょうゆ</rt></ruby>を　もう　<ruby>少<rt>すこ</rt></ruby>し　<ruby>入<rt>い</rt></ruby>れて　ください。
請再加一點醬油。

<ruby>醤油<rt>しょうゆ</rt></ruby>は　<ruby>生活<rt>せいかつ</rt></ruby>に　<ruby>必要<rt>ひつよう</rt></ruby>です。
醬油對生活而言是必須的。

□ 味噌 <ruby>味<rt>み</rt></ruby><ruby>噌<rt>そ</rt></ruby>

味噌、外型顏色像味噌的東西（例如蟹黃、腦漿）

例 <ruby>味噌<rt>みそ</rt></ruby>と　<ruby>豆腐<rt>とうふ</rt></ruby>で　<ruby>何<rt>なに</rt></ruby>を　<ruby>作<rt>つく</rt></ruby>りますか。
用味噌和豆腐做什麼呢？

<ruby>味噌<rt>みそ</rt></ruby>は　<ruby>少<rt>すこ</rt></ruby>しだけ　<ruby>入<rt>い</rt></ruby>れます。
味噌只要放一點點。

□ 箸
はし

筷子

例 アメリカ人は　箸で　食べません。
　　じん　　　　はし　　た
　美國人不用筷子吃。

　箸の　使い方を　教えます。
　はし　つか　かた　　おし
　教（人）筷子的使用方法。

延 スプーン　湯匙
　フォーク　叉子

□ お皿
　　さら

盤子

例 お皿を　3枚　取って　ください。
　　さら　　さんまい　と
　請拿3個盤子。

　自分の　お皿を　洗います。
　じぶん　　さら　　あら
　洗自己的盤子。

□ 鍋
　なべ

鍋子、火鍋

例 新しい　鍋が　ほしいです。
　あたら　　なべ
　想要新的鍋子。

　鍋で　一時間くらい　煮ます。
　なべ　いちじかん　　に
　用鍋子煮一個小時左右。

延 フライパン　平底鍋

□ 茶碗
　ちゃわん

碗、飯碗

例 もっと　大きい　茶碗が　必要です。
　　　　おお　　ちゃわん　ひつよう
　需要更大的飯碗。

　茶碗を　割りました。
　ちゃわん　わ
　打破飯碗了。

□ **灰皿**（はいざら）

菸灰缸

例 灰皿は ありますか。
有菸灰缸嗎？

タバコを 灰皿に 捨てます。
把香菸丟到菸灰缸裡。

□ **薬**（くすり）

藥

例 おなかが 痛いから、薬を 飲みます。
因為肚子很痛，所以要吃藥。

さっき 薬を 飲みました。
剛剛吃藥了。

延 病気 病、疾病
薬局 藥局

□ **車**（くるま）

汽車、車輛、車

例 わたしは 車が ありません。
我沒有車。

週末、車で 出かけましょう。
週末，開車出去吧！

似 自動車 汽車

□ **自動車**（じどうしゃ）

汽車

例 自動車で 会社へ 通って います。
開車上下班。

この辺は 自動車が 多いです。
這附近車很多。

似 車 汽車、車輛、車
延 道路 道路、公路

□ **電車** （でんしゃ）

電車

例 いつも　電車で　学校へ　行きます。
總是搭電車上學。

電車の　時間に　間に合いません。
電車的時間會來不及。

延 線路　路線、軌道

□ **自転車** （じてんしゃ）

自行車、單車、
腳踏車

例 息子は　自転車で　高校へ　行きます。
兒子騎腳踏車去高中。

娘は　自転車を　ほしがって　います。
女兒想要腳踏車。

□ **飛行機** （ひこうき）

飛機

例 飛行機は　電車より　速いです。
飛機比電車快。

はじめて　飛行機に　乗りました。
第一次搭乘了飛機。

延 空　天空、空中
空港　機場

□ **地下鉄** （ちかてつ）

地下鐵

例 地下鉄は　とても　便利です。
地下鐵非常方便。

まず　地下鉄で　東京駅まで　行きます。
首先，要搭地下鐵到東京車站。

名詞

□ 歌 （うた）

歌、歌曲

例 歌（うた）を　歌（うた）うことが　好（す）きです。
喜歡唱歌。

みんなで　歌（うた）を　歌（うた）いましょう。
大家一起唱歌吧！

延 歌手（かしゅ）歌手
マイク 麥克風

□ 絵 （え）

畫、圖

例 絵（え）を　描（か）くことが　苦手（にがて）です。
不太會畫畫。

これは　有名（ゆうめい）な　人（ひと）の　絵（え）です。
這是有名的人的畫。

延 筆（ふで）毛筆、筆的總稱
絵具（えのぐ）畫圖的顏料

□ 映画 （えいが）

電影

例 友（とも）だちと　映画（えいが）を　見（み）に　行（い）きます。
要和朋友去看電影。

この映画（えいが）は　とても　怖（こわ）かったです。
這部電影非常恐怖。

延 スクリーン 銀幕、螢幕、電影
映画館（えいがかん）電影院

□ 音楽 （おんがく）

音樂

例 音楽（おんがく）の　授業（じゅぎょう）は　おもしろいです。
音樂課很有趣。

ドライブしながら、音楽（おんがく）を　聴（き）きます。
一邊開車兜風，一邊聽音樂。

延 コンサート 演唱會、演奏會、音樂會

□ 旅行 (りょこう)　　　　　　　　　　旅行

例 趣味は 旅行です。
興趣是旅行。

夫婦で 旅行が したいです。
想要夫婦一起旅行。

似 旅 (たび) 旅行
延 トランクケース
　　行李箱
　　スーツケース 行李箱

□ 写真 (しゃしん)　　　　　　　　　照片、相片

例 写真を 撮っても いいですか。
可以拍照嗎？

みんなで 写真を 撮りましょう。
大家一起拍照吧！

延 カメラ 照相機、
　　　　攝影機
　　デジカメ 數位照相機、
　　　　　　數位攝影機

□ 新聞 (しんぶん)　　　　　　　　　報紙

例 駅で 新聞を 買います。
在車站買報紙。

最近の 人は 新聞を 読みません。
現在的人不看報紙。

延 記者 (きしゃ) 記者
　　記事 (きじ) 報導

□ 雑誌 (ざっし)　　　　　　　　　雑誌

例 どんな 雑誌を 読みますか。
都閱讀什麼樣的雜誌呢？

それは 雑誌で 知りました。
那是從雜誌裡得知的。

實力測驗！

問題 1. _____ の ことばは どう よみますか。1・2・3・4から いちばん いい ものを ひとつ えらんで ください。

1. (　　) にほんの 地下鉄は ふくざつです。
　　　　①とかでつ　　②とかてつ　　③ちかでつ　　④ちかてつ

2. (　　) がいこくじんは 箸を つかいません。
　　　　①はね　　　②はし　　　③はた　　　④はか

3. (　　) いっしょに 映画を みに いきませんか。
　　　　①えいか　　②えいが　　③えんか　　④えんが

問題 2. _____ の ことばは どう かきますか。1・2・3・4から いちばん いい ものを ひとつ えらんで ください。

1. (　　) ちゃわんと はしを よういして ください。
　　　　①飯椀　　　②茶椀　　　③飯碗　　　④茶碗

2. (　　) ホテルの へやに はいざらは ありますか。
　　　　①灰容　　　②灰皿　　　③灰器　　　④灰缶

3. (　　) コーヒーに さとうを いれますか。
　　　　①甘糖　　　②砂糖　　　③味糖　　　④果糖

問題 3. (　　　　) に ふさわしい ものは どれですか。1・2・3・4 から いちばん いい ものを ひとつ えらんで ください。

1. むすめは (　　　　) を かくことが すきです。
　　　　①か　　　　②え　　　　③す　　　　④ち

2. ちちは　（　　　　）で　かいしゃへ　かよって　います。

①でんち　　　　　②でんき　　　　　③でんわ　　　　　④でんしゃ

3. （　　　　）が　そらを　とんで　います。

①とりにく　　　　②のみもの　　　　③ひこうき　　　　④しつもん

問題 4. つぎの　ことばの　つかいかたで　いちばん　いい　ものを　1・2・3・4から　ひとつ　えらんで　ください。

1. おんがく

①おんがくを　いためてから、しおを　いれます。

②おんがくは　ほとんど　たべません。

③おんがくの　おとを　ちいさく　して　ください。

④せんせいは　いま、おんがくに　います。

2. しゃしん

①こどもは　しゃしんで　ごはんを　たべます。

②じぶんの　しゃしんは　じぶんで　あらいます。

③わたしの　しゅみは　しゃしんを　とることです。

④しゃしんで　にくを　ちいさく　きります。

3. しょうゆ

①まいにち　しょうゆで　がっこうへ　いきます。

②しょうゆを　ちょっと　いれてから、いちじかん　にます。

③しょうゆの　まえで　あいましょう。

④しょうゆが　いえの　まえに　いちだい　あります。

□ **服**（ふく）

衣服

例 新（あたら）しい　服（ふく）を　買（か）いました。
買了新的衣服。

似 洋服（ようふく）（西式的）衣服

シャワーを　浴（あ）びてから、服（ふく）を　着（き）ます。
淋浴之後，穿衣服。

□ **洋服**（ようふく）

（西式的）衣服

例 先生（せんせい）の　洋服（ようふく）は　いつも　素敵（すてき）です。
老師的衣服一直都很漂亮。

似 服（ふく）　衣服

そこで　洋服（ようふく）を　脱（ぬ）がないで　ください。
請不要在那邊脫衣服。

□ **上着**（うわぎ）

上衣、外衣、外套

例 寒（さむ）いから、上着（うわぎ）を　着（き）ます。
因為很冷，所以穿外衣。

反 下着（したぎ）　內衣褲
延 コート　大衣

この上着（うわぎ）は　暖（あたた）かく　ありません。
這件外衣不暖和。

□ **下着**（したぎ）

內衣褲

例 自分（じぶん）で　下着（したぎ）を　洗（あら）います。
自己洗內衣褲。

反 上着（うわぎ）　上衣、外衣

その下着（したぎ）は　そろそろ　捨（す）てましょう。
那件內衣（內褲）差不多該丟了吧！

□ **帽子**
ぼう し

帽子

例 帽子を 被って ください。
ぼう し　　 かぶ

請戴帽子。

暑いですから、帽子が 必要です。
あつ　　　　　　　ぼう し　　 ひつよう

因為很熱，所以帽子是必須的。

□ **背広**
せ びろ

男士西服、西裝

例 会社へ 行くとき、背広を 着ます。
かいしゃ　 い　　　　　 せ びろ　　 き

去公司的時候，會穿西裝。

息子に 背広を プレゼントします。
むす こ　　 せ びろ

要送兒子西裝。

似 スーツ 套裝

延 ネクタイ 領帶

□ **靴**
くつ

鞋

例 黒い 靴しか 履きません。
くろ　 くつ　　 は

只穿黑色的鞋子。

玄関で 靴を 脱ぎます。
げんかん　 くつ　 ぬ

要在玄關脫鞋。

延 **運動靴** 運動鞋
うんどうぐつ

スニーカー 運動鞋

□ **靴下**
くつした

襪子

例 彼は 靴下を 履きません。
かれ　　 くつした　　 は

他不穿襪子。

靴下に 穴が 開いて います。
くつした　 あな　 あ

襪子破了個洞。

□ 色（いろ）

顔色、色彩、
種類、面色

例 好きな 色を 選んで ください。
請選擇喜歡的顏色。

どんな 色が 好きですか。
喜歡哪一種顏色呢？

延 絵（え） 圖、畫

□ 赤（あか）

紅色

例 母は 赤が 好きです。
母親喜歡紅色。

赤の スカートを 買いました。
買了紅色的裙子。

似 レッド 紅色

□ 青（あお）

青色、藍色、綠燈

例 空の 色は 青です。
天空的顏色是藍色。

青の ペンで 書かないで ください。
請不要用藍色的筆寫。

似 ブルー 藍色

□ 黄色（きいろ）

黄色

例 娘は 黄色が 嫌いです。
女兒討厭黃色。

黄色で 太陽を 塗りました。
用黃色塗了太陽。

似 イエロー 黄色

□ **緑**
みどり

緑色

例 信号が 緑に なりました。
しんごう　　みどり

號誌變成綠色了。

緑は 目に いいです。
みどり　め

綠色對眼睛好。

似 グリーン 綠色

□ **黒**
くろ

黑色、（圍棋）黑
棋子、有重大嫌疑

例 黒しか 持って いません。
くろ　　も

只有黑色。

どうして 黒の 服は だめですか。
くろ　ふく

為什麼黑色的衣服不行呢？

似 ブラック 黑色

□ **白**
しろ

白色、（圍棋）白
棋子、（比賽）白
隊、空白、清白

例 雪の 色は 白です。
ゆき　いろ　しろ

雪的顏色是白色。

白の ドレスは 花嫁だけです。
しろ　　　　　　はなよめ

（穿）白色禮服的只有新娘。

似 ホワイト 白色

□ **茶色**
ちゃいろ

棕色、咖啡色

例 髪の 毛を 茶色に しました。
かみ　け　ちゃいろ

把頭髮染成茶色了。

茶色の 眼鏡を 買いました。
ちゃいろ　めがね　か

買了咖啡色的眼鏡了。

似 ブラウン 咖啡色

□ 店
みせ

商店、舖子

例 すてきな 店が たくさん あります。
みせ
有很多很棒的店。

あの店に 入りましょう。
みせ　　はい
進那家店吧！

似 商店 商店
しょうてん

□ 橋
はし

橋

例 橋を 渡って、そのまま 進みます。
はし　わた　　　　　　　　　　すす
過橋之後，一樣往前。

橋の 下を 川が 流れて います。
はし　した　　かわ　　なが
河川在橋下流著。

□ 交差点
こうさてん

交叉點、十字路口

例 交差点を 右に 曲がります。
こうさてん　みぎ　　ま
要在十字路口右轉。

交差点で 止まって ください。
こうさてん　　と
請在十字路口停下來。

延 信号 信號、交通號誌
しんごう
横断歩道 人行道
おうだんほどう

□ 所
ところ

地點、位置、地方

例 ここは いい 所です。
ところ
這裡是個好地方。

どんな 所へ 行きますか。
ところ　い
要去什麼樣的地方呢？

似 場所 場所、地點、座
ばしょ 位、（大會的）
會期

□ **大使館**
たいしかん

大使館

例 外国で 大使館を 探します。
がいこく たいしかん さが

在外國找大使館。

アメリカの 大使館は どこですか。
たいしかん

美國的大使館在哪裡呢？

□ **名前**
なまえ

名稱、名字

例 あなたの 名前は 何ですか。
なまえ なん

你的名字是什麼？

延 名札 名牌
なふだ

ペットの 名前を 呼びます。
なまえ よ

叫寵物的名字。

□ **外国**
がいこく

外國

例 これは 外国の お酒です。
がいこく さけ

這是外國的酒。

延 海外 海外
かいがい
外国語 外語
がいこくご

外国で 生活したいです。
がいこく せいかつ

想在外國生活。

□ **地図**
ちず

地圖

例 地図を 見ながら、旅行します。
ちず み りょこう

一邊看地圖，一邊旅行。

地図は どこに ありますか。
ちず

地圖在哪裡呢？

實力測驗！

問題 1. ＿＿＿＿＿ の　ことばは　どう　よみますか。1・2・3・4から
　　　　いちばん　いい　ものを　ひとつ　えらんで　ください。

1. （　　） あの店で　ひるごはんを　たべましょう。
　　　①かみ　　　　　②みせ　　　　　③みみ　　　　　④とみ

2. （　　） じぶんの　くつに　名前を　かいて　ください。
　　　①めいせ　　　②なぜん　　　　③めまえ　　　　④なまえ

3. （　　） わたしは　背広を　もって　いません。
　　　①せこう　　　②せごう　　　　③せひろ　　　　④せびろ

問題 2. ＿＿＿＿＿ の　ことばは　どう　かきますか。1・2・3・4から
　　　　いちばん　いい　ものを　ひとつ　えらんで　ください。

1. （　　） トランクケースに　ふくと　したぎを　いれます。
　　　①下服　　　　　②下着　　　　　③下衣　　　　　④下身

2. （　　） りんごと　トマトの　いろは　あかです。
　　　①赤　　　　　②青　　　　　③紅　　　　　④黒

3. （　　） いろいろな　いろを　つかいました。
　　　①筆　　　　　②色　　　　　③絵　　　　　④料

問題 3. （　　　　）に　ふさわしい　ものは　どれですか。1・2・3・4
　　　　から　いちばん　いい　ものを　ひとつ　えらんで　ください。

1. そぼは　さんぽの　とき、（　　　　）を　かぶります。
　　①くつ　　　　　　②うわぎ　　　　　③めがね　　　　④ぼうし

2. くつを　はくまえに、（　　　　）を　はきます。

①おふを　　　　　　②くつした　　　　　　③にもつ　　　　　④ふうとう

3. あの（　　　　）の　くるまは　タクシーです。

①でんしゃ　　　　　②ことば　　　　　　③きいろ　　　　　④やさい

問題4. つぎの　ことばの　つかいかたで　いちばん　いい　ものを　1・2・3・4から　ひとつ　えらんで　ください。

1. がいこく

①ことしの　はる、がいこくを　そつぎょうしました。

②となりの　がいこくは　30にんくらい　います。

③がいこくの　ことばは　ぜんぜん　わかりません。

④きょうしつに　がいこくが　たくさん　います。

2. ちず

①わからないから、ちずで　さがしましょう。

②あしたは　ちずですから、べんきょうします。

③どようびと　にちようびは　ちずです。

④あなたの　ちずは　なんばんですか。

3. こうさてん

①ともだちと　こうさてんで　べんきょうします。

②つぎの　こうさてんを　ひだりに　まがります。

③まいにち　こうさてんで　かいしゃへ　いきます。

④おかあさんの　こうさてんは　おいしいですか。

□ 家_{いえ}

房屋、自宅、
家庭、家世

例 あなたの 家_{いえ}は どこですか。
你家在哪裡呢？

地震_{じしん}で 家_{いえ}が 壊_{こわ}れました。
因為地震，家倒塌了。

似 家_{うち} 家、家庭、家裡
人、房子

□ 家_{うち} / うち

家、家庭、家裡
人、房子、自己的
丈夫或妻子

例 家_{うち}の 猫_{ねこ}は 可愛_{かわい}いです。
我家的貓咪很可愛。

家_{うち}の 子_こは まだ 小学生_{しょうがくせい}です。
我家的小孩還是小學生。

似 家_{いえ} 房屋、自宅、家庭
家庭_{かてい} 家庭
家族_{かぞく} 家族、家屬、
家人

□ 建物_{たてもの}

房屋、建築物

例 この建物_{たてもの}は 丈夫_{じょうぶ}です。
這幢建築物很堅固。

建物_{たてもの}の 中_{なか}に 入_{はい}らないで ください。
請勿進入建築物的裡面。

似 建築物_{けんちくぶつ} 建築物

□ 部屋_{へや}

房間

例 部屋_{へや}は まだ 空_あいて いますか。
還有空的房間嗎？

部屋_{へや}を 掃除_{そうじ}しましょう。
打掃房間吧！

□ **階段**
かいだん

階梯、樓梯、等級

例 階段を 上ります。
かいだん のぼ

爬樓梯。

階段を 下りてから、右に 曲がります。
かいだん お みぎ ま

下了樓梯以後，往右轉。

□ **玄関**
げんかん

玄關

例 玄関で 靴を 脱ぎます。
げんかん くつ ぬ

在玄關脫鞋子。

玄関は どこですか。
げんかん

玄關在哪裡呢？

□ **窓**
まど

窗、窗戶

例 窓を 閉めて ください。
まど し

請關窗。

延 ガラス 玻璃

窓が 開いて います。
まど あ

窗戶開著。

□ **台所**
だいどころ

廚房、財政

例 母は 台所に います。
はは だいどころ

母親在廚房。

似 キッチン 廚房

台所に いろいろな 食料が あります。
だいどころ しょくりょう

廚房裡有各式各樣的食材。

延 料理 料理、菜、烹調
りょうり

□ **お風呂**
ふろ

浴池、澡盆、
洗澡水

例 お風呂に 入りましょう。
ふろ　　　はい
洗澡吧！

お風呂を 出てから、ビールを 飲みます。
ふろ　　で　　　　　　　　　　の
洗完澡後，要喝啤酒。

延 シャワー 淋浴

□ **お手洗い**
て あら

廁所、洗手間

例 お手洗いは どこですか。
て あら
廁所在哪裡呢？

お手洗いを 貸して ください。
て あら　　か
請借我廁所。

似 トイレ 廁所
　　化粧室 化妝室、廁所
　　けしょうしつ

□ **門**
もん

門

例 門の 前で 写真を 撮ります。
もん　まえ　しゃしん　と
在門的前面拍照。

門を 開けて ください。
もん　あ
請開門。

似 戸 門
　と
　ドア 門

□ **戸**
と

門

例 そろそろ 戸を 閉めましょう。
と　し
差不多該關門了吧！

戸が 開いて います。
と　あ
門開著。

似 門 門
　もん
　ドア 門

□ **廊下**（ろうか）　　走廊

例 廊下を　走らないで　ください。
請勿在走廊奔跑。

学校の　廊下は　長いです。
學校的走廊很長。

□ **会社**（かいしゃ）　　公司

例 どんな　会社で　働いて　いますか。
在什麼樣的公司工作呢？

兄は　会社を　辞めました。
哥哥跟公司辭職了。

□ **病院**（びょういん）　　醫院

例 今朝、病院に　行きました。
今天早上，去了醫院。

病院の　食事は　おいしくないです。
醫院的餐不好吃。

延 医者 醫生
　看護師 護理師

□ **銀行**（ぎんこう）　　銀行

例 銀行は　何時までですか。
銀行到幾點呢？

近くに　銀行は　ありますか。
附近有銀行嗎？

延 お金 錢

□ 郵便局

郵局

例 郵便局で 切手を 買いました。
在郵局買了郵票。

郵便局は どこですか。
郵局在哪裡呢？

延 封筒 信封
小包 小包、包裹

□ 美容院

美容院（理容、美髮的場所）

例 駅前の 美容院で 髪を 切ります。
要在車站前的美容院剪頭髮。

その美容院は なかなか 有名です。
那家美容院相當有名。

□ 八百屋

蔬果店

例 八百屋の 野菜は 安くて、新鮮です。
蔬果店的蔬菜既便宜又新鮮。

ときどき 八百屋で 買います。
偶爾在蔬果店買。

延 果物 水果

□ 食堂

食堂

例 食堂で 何か 食べましょう。
在食堂吃點什麼吧！

学校の 食堂は とても 安いです。
學校的食堂非常便宜。

延 レストラン 餐廳

□ **喫茶店** (きっさてん)　　咖啡廳

例　この喫茶店は　人が　多いです。
これ　(きっさてん)　(ひと)　(おお)
這家咖啡廳人很多。

喫茶店で　何か　飲みましょう。
(きっさてん)　(なに)　(の)
在咖啡廳喝點什麼吧！

延　コーヒー　咖啡
　　紅茶 (こうちゃ)　紅茶

□ **映画館** (えいがかん)　　電影院

例　この村に　映画館は　ありません。
(むら)　(えいがかん)
這個村莊沒有電影院。

映画館は　週末、混んで　います。
(えいがかん)　(しゅうまつ)　(こ)
電影院在週末，人山人海。

延　映画 (えいが)　電影
　　娯楽 (ごらく)　娛樂

□ **交番** (こうばん)　　派出所

例　交番で　道を　聞きます。
(こうばん)　(みち)　(き)
在派出所問路。

財布を　交番に　届けました。
(さいふ)　(こうばん)　(とど)
把錢包送到派出所了。

延　お巡りさん (まわ)　警察
　　警官 (けいかん)　警察

□ **駅** (えき)　　車站

例　駅で　人と　会います。
(えき)　(ひと)　(あ)
和人在車站見面。

駅の　中に　デパートが　あります。
(えき)　(なか)
車站裡面有百貨公司。

延　駅員 (えきいん)　站務員
　　電車 (でんしゃ)　電車

實力測驗！

問題 1. _____ の ことばは どう よみますか。1・2・3・4から
いちばん いい ものを ひとつ えらんで ください。

1. (　　) すみません、戸を しめて ください。
　　　　①と　　　　　②か　　　　　③ち　　　　　④し

2. (　　) とても りっぱな 建物です。
　　　　①たちもの　　②たてもの　　③けんぶつ　　④けんもつ

3. (　　) どこの 美容院で きりましたか。
　　　　①じょういん　②じょういん　③びょういん　④びよういん

問題 2. _____ の ことばは どう かきますか。1・2・3・4から
いちばん いい ものを ひとつ えらんで ください。

1. (　　) げんかんに かぎを かけます。
　　　　①玄口　　　　②入関　　　　③玄関　　　　④入口

2. (　　) もう おふろに はいりましたか。
　　　　①沐浴　　　　②風呂　　　　③湯桶　　　　④温泉

3. (　　) だいどころで なにか つくりましょう。
　　　　①台所　　　　②厨房　　　　③台房　　　　④厨所

問題 3. (　　　　) に ふさわしい ものは どれですか。1・2・3・4
から いちばん いい ものを ひとつ えらんで ください。

1. わたしの (　　　　) は あの白い たてものです。
　　①そら　　　　　②しお　　　　　③いえ　　　　　④ねつ

2. おおきい　（　　　　）が　みっつ　あります。
　　①ほか　　　　　　②つぎ　　　　　　③へや　　　　　　④まえ

3. しょくどうで　（　　　　）を　かります。
　　①おじさん　　　　②おてあらい　　　③おべんとう　　　④おふろ

問題 4. つぎの　ことばの　つかいかたで　いちばん　いい　ものを　1・
　　　　2・3・4から　ひとつ　えらんで　ください。

1. ぎんこう
　　①ぎんこうの　ほうが　じょうずです。
　　②なべの　中に　ぎんこうを　いれて　ください。
　　③けさ、パンと　ぎんこうを　たべました。
　　④ぎんこうは　くじからです。

2. こうばん
　　①こうばんに　おまわりさんが　ふたり　います。
　　②ナイフで　こうばんを　きりましょう。
　　③こうばんの　こえが　きこえませんか。
　　④あしたの　パーティーは　こうばんで　します。

3. やおや
　　①やおやで　えいがを　みましょう。
　　②やおやの　やさいは　しんせんです。
　　③しゅうまつ、やおやで　うみへ　いきましょう。
　　④おひるは　がっこうの　やおやで　たべました。

□ **天気** (てんき)　　　　　　　　　天氣

例 今日(きょう)は　天気(てんき)が　いいです。
今天天氣很好。

明日(あした)の　天気(てんき)は　どうですか。
明天的天氣如何呢？

延 気候(きこう) 氣候

□ **晴(は)れ**　　　　　　　　　晴天、天晴

例 昨日(きのう)は　晴(は)れでした。
昨天是晴天。

先週(せんしゅう)は　ずっと　晴(は)れでした。
上個星期一直是晴天。

延 太陽(たいよう) 太陽

□ **雨(あめ)**　　　　　　　　　雨、雨天

例 明日(あした)は　たぶん　雨(あめ)です。
明天大概會下雨。

わたしは　雨(あめ)の　日(ひ)が　嫌(きら)いです。
我討厭下雨的日子。

延 傘(かさ) 傘

□ **曇(くも)り**　　　　　　陰天、朦朧、（心情上的）陰鬱

例 今朝(けさ)は　曇(くも)りでした。
今天早上是陰天。

曇(くも)りの　日(ひ)は　暑(あつ)く　ありません。
陰天的日子不熱。

延 雲(くも) 雲

□ 雪 （ゆき）　　　　　　　　　　　　　雪、雪白

例 昨日（きのう）から　雪（ゆき）が　降（ふ）って　います。
從昨天開始就下著雪。

わたしは　雪（ゆき）が　好（す）きです。
我喜歡雪。

延 マフラー 圍巾
　 手袋（てぶくろ） 手套

□ 風 （かぜ）　　　　　　　　　　　　　風

例 今日（きょう）は　風（かぜ）が　強（つよ）いです。
今天的風很強。

風（かぜ）が　吹（ふ）いて　います。
風正吹著。

□ 空 （そら）　　　　　　　　　　　　　天空、空中、天氣

例 今日（きょう）は　空（そら）が　とても　青（あお）いです。
今天的天空非常藍。

空（そら）に　雲（くも）が　一（ひと）つも　ありません。
天空中一朵雲都沒有。

延 空気（くうき） 空氣

□ 山 （やま）　　　　　　　　　　　　　山

例 週末（しゅうまつ）、山（やま）に　登（のぼ）りましょう。
週末，來爬山吧！

この山（やま）は　なかなか　高（たか）いです。
這座山相當高。

□ 海（うみ）　　海、海洋

例 海（うみ）は　ほんとうに　広（ひろ）いです。
海洋真的很寬廣。

海（うみ）と　山（やま）、どちらが　好（す）きですか。
海和山，喜歡哪一個呢？

延 波（なみ）　波、波浪、波濤

□ 川（かわ）　　河、河川、河流

例 川（かわ）に　魚（さかな）が　たくさん　います。
河川裡有許多魚。

川（かわ）で　泳（およ）いだことが　ありますか。
曾經在河裡游過泳嗎？

□ 春（はる）　　春、春天

例 春（はる）は　暖（あたた）かいです。
春天很暖和。

もう　そろそろ　春（はる）です。
差不多已經要春天了。

延 季節（きせつ）　季節
四季（しき）　四季

□ 夏（なつ）　　夏、夏天

例 台湾（たいわん）の　夏（なつ）は　やはり　暑（あつ）いです。
台灣的夏天，果然還是很熱。

今年（ことし）の　夏（なつ）、結婚（けっこん）します。
今年的夏天要結婚。

□ **秋**〔あき〕　　　　　　　　　　秋、秋天

例 秋は どんな 果物が ありますか。
秋天有什麼樣的水果呢？

秋に なって、だいぶ 涼しく なりました。
秋天到了，變得相當涼爽了。

□ **冬**〔ふゆ〕　　　　　　　　　　冬、冬天

例 日本の 冬は たいへん 寒いです。
日本的冬天非常寒冷。

今年の 冬は あまり 寒く ありません。
今年的冬天不太冷。

延 雪〔ゆき〕 雪

□ **動物**〔どうぶつ〕　　　　　　　動物

例 娘は 動物が 大好きです。
女兒非常喜歡動物。

何か 動物を 飼って いますか。
有在養什麼動物嗎？

延 動物園〔どうぶつえん〕 動物園
　ペット 寵物

□ **猫**〔ねこ〕　　　　　　　　　　貓

例 わたしは 猫が 好きです。
我喜歡貓。

猫は とても 可愛いです。
貓非常可愛。

□ 犬（いぬ）　　　　　　　　　　　　　　狗

例 姉（あね）は 犬（いぬ）を 飼（か）って います。
姊姊飼養著狗。

どこかで 犬（いぬ）が 吠（ほ）えて います。
哪裡有狗在叫。

□ 鳥（とり）　　　　　　　　　　　　　　鳥

例 鳥（とり）が たくさん 飛（と）んで います。
許多鳥正在飛。

鳥（とり）の 絵（え）が 描（か）きたいです。
想畫鳥的畫。

□ 花（はな）　　　　　　　　　　　　　　花

例 花（はな）が たくさん 咲（さ）いて います。
很多花開著。

延 桜（さくら）櫻花
梅（うめ）梅花

どんな 花（はな）が 好（す）きですか。
喜歡什麼樣的花呢？

□ 木（き）　　　　　　　　　　　　　　樹木、木材

例 庭（にわ）に いろいろな 木（き）を 植（う）えます。
要在庭院種植各式各樣的樹。

延 枝（えだ）枝、樹枝

台風（たいふう）で 木（き）が 倒（たお）れました。
因為颱風，樹倒了。

□ **石**（いし）　　　　　　　　　　　　　　　　石頭、石子

例　川（かわ）で　きれいな　石（いし）を　拾（ひろ）いました。
在河川撿了漂亮的石頭。

石（いし）を　投（な）げないで　ください。
請不要投擲石頭。

□ **岩**（いわ）　　　　　　　　　　　　　　　　岩石

例　この辺（へん）の　岩（いわ）は　みんな　大（おお）きいです。
這附近的岩石都很大。

大雨（おおあめ）で　岩（いわ）が　落（お）ちました。
因為大雨，岩石掉下來了。

□ **鍵**（かぎ）　　　　　　　　　　　　　　　　鑰匙、鎖、關鍵

例　家（いえ）の　鍵（かぎ）を　なくしました。
家裡的鑰匙不見了。

似　キー　鑰匙

これは　ロッカーの　鍵（かぎ）です。
這是置物櫃的鑰匙。

□ **傘**（かさ）　　　　　　　　　　　　　　　　傘

例　傘（かさ）を　持（も）たなくても　いいです。
不帶傘也沒有關係。

延　雨（あめ）　雨
　　台風（たいふう）　颱風

傘（かさ）を　差（さ）しましょう。
撐傘吧！

實力測驗！

問題 I. ＿＿＿＿ の ことばは どう よみますか。1・2・3・4から
いちばん いい ものを ひとつ えらんで ください。

1. （　　） しゅうまつ、いっしょに 海へ いきませんか。
　　　　①やま　　　　②かわ　　　　③うみ　　　　④そら

2. （　　） 曇りの 日は せんたくしません。
　　　　①くもり　　　　②かおり　　　　③しおり　　　　④かえり

3. （　　） はるが さって、夏が きました。
　　　　①しま　　　　②ほし　　　　③かき　　　　④なつ

問題 2. ＿＿＿＿ の ことばは どう かきますか。1・2・3・4から
いちばん いい ものを ひとつ えらんで ください。

1. （　　） ゆきは とても しろいです。
　　　　①雨　　　　②雪　　　　③雲　　　　④雷

2. （　　） ことしの なつは あまり あつくないです。
　　　　①山　　　　②夏　　　　③家　　　　④風

3. （　　） すきな ひとに はなを おくります。
　　　　①花　　　　②金　　　　③紙　　　　④物

問題 3. （　　　　） に ふさわしい ものは どれですか。1・2・3・4
から いちばん いい ものを ひとつ えらんで ください。

1. まいあさ （　　　　）と こうえんを さんぽします。
　　①いろ　　　　②いぬ　　　　③いけ　　　　④いし

2. にわに　（　　　　）を　うえましょう。

①て　　　　　　　②ち　　　　　　　③き　　　　　　　④か

3. この（　　　　）は　おおきくて、かたいです。

①とり　　　　　　②そら　　　　　　③いぬ　　　　　　④いわ

問題4. つぎの　ことばの　つかいかたで　いちばん　いい　ものを　1・2・3・4から　ひとつ　えらんで　ください。

1. ねこ

①ねこを　ジュースに　しました。

②うたを　うたいながら、ねこを　たべます。

③こうえんに　ねこが　たくさん　います。

④あしたは　たぶん　ねこです。

2. はれ

①はれの　ひ、うみへ　いきたいです。

②じしょは　はれの　なかに　あります。

③たんじょうびに　はれが　ほしいです。

④つくえの　うえに　はれが　います。

3. かさ

①ぎんこうで　かさを　かいます。

②ジョンさんは　かさから　きました。

③かさを　もって、でかけましょう。

④いけの　なかで　かさが　およいで　います。

□ 仕事
しごと

職業、工作

例 お父さんの 仕事は 何ですか。
とう　　　　しごと　　なん
令尊的職業是什麼呢？

どんな 仕事も たいへんです。
しごと
什麼樣的工作都很辛苦。

延 会社 公司
かいしゃ
給料 薪水
きゅうりょう

□ 病気
びょうき

病、疾病、生病

例 先生は どこか 病気ですか。
せんせい　　　　　　びょうき
老師哪裡生病了嗎？

病気で 学校を 休みました。
びょうき　がっこう　　やす
因為生病，跟學校請假了。

延 病院 醫院
びょういん
医者 醫生
いしゃ

□ 風邪
かぜ

傷風、感冒

例 娘は 風邪を ひいて います。
むすめ　かぜ
女兒感冒了。

風邪の 薬を ください。
かぜ　　くすり
請給我感冒藥。

延 咳 咳嗽
せき
熱 發燒
ねつ

□ 熱
ねつ

熱、熱度、熱心、
熱衷、熱力、發燒

例 昨日から 熱が あります。
きのう　　ねつ
從昨天就開始發燒。

熱が 下がりません。
ねつ　さ
燒無法退。

延 風邪 感冒
かぜ
体温 體溫
たいおん

□ **話**（はなし）

話、講話、談話、事理、話題、商談、傳聞

例 彼（かれ）の 話（はなし）は つまらないです。
他的話很無聊。

校長（こうちょう）の 話（はなし）を 聞（き）きます。
聽校長的講話。

似 スピーチ 談話、演説

□ **買物**（かいもの）

買東西、購物、要買的東西

例 午後（ごご）、母（はは）と 買物（かいもの）に 行（い）きます。
下午，要和母親去買東西。

いつも どこで 買物（かいもの）を しますか。
平時都是在哪裡買東西呢？

似 ショッピング 購物
延 デパート 百貨公司

□ **結婚**（けっこん）

結婚

例 彼女（かのじょ）は 結婚（けっこん）を して いますか。
她結婚了嗎？

結婚（けっこん）の 相手（あいて）が いません。
沒有結婚的對象。

反 離婚（りこん）離婚
延 結婚式（けっこんしき）結婚典禮

□ **お金**（かね）

貨幣、金錢、財產

例 お金（かね）が ありません。
沒有錢。

お金（かね）が もっと ほしいです。
想要更多錢。

延 現金（げんきん）現金

□ 誕生日

生日

例 誕生日は いつですか。
生日是什麼時候呢？

もうすぐ 父の 誕生日です。
再過不久是父親的生日。

延 ケーキ 蛋糕
　　プレゼント 禮物

□ 初め

開始、開頭、最初、當初

例 年の 初めに 神社へ 行きました。
年初去了神社。

どんなことも 初めが 大事です。
什麼事情都是開頭很重要。

似 始め 開始
反 終わり 結束

□ 始め

開始、開頭、起源、起始、開始的部分

例 もう 一度 始めから やりましょう。
從頭再做一次吧！

始めから 終わりまで 一人で やりました。
從頭到尾都是一個人做的。

似 初め 最初
反 終わり 結束

□ 終わり

結束、完了、末尾

例 そろそろ 終わりに しませんか。
差不多要不要結束了呢？

2人の 関係は もう 終わりです。
2人的關係已經結束了。

反 初め 最初
　　始め 開始

□ 次 <ruby>つぎ</ruby>

其次、下一個、次等

例 次は どこに 行きますか。
接下來要去哪裡呢？
次の バスに 乗りましょう。
搭下一班巴士吧！

□ 他 <ruby>ほか</ruby>

另外、其他

例 他の 意見は ありませんか。
沒有其他的意見嗎？
他の 日に して ください。
請換成其他日子。

似 別 另外

□ 石けん <ruby>せっ</ruby>

肥皂

例 石けんを 取って ください。
請拿肥皂。
石けんが もう ありません。
肥皂已經沒有了。

□ 花瓶 <ruby>かびん</ruby>

花瓶

例 花瓶に 花が ありません。
花瓶裡沒有花。
大きい 花瓶が 必要です。
需要大的花瓶。

延 花 花
花束 花束

□ 鞄 (かばん)

（皮革或布料等做成的）包包

例 父に 鞄を プレゼントします。
送包包給父親。

革の 鞄が ほしいです。
想要皮革的包包。

似 バッグ 包包

□ 財布 (さい ふ)

錢包

例 財布の 中に お金が ありません。
錢包裡面沒有錢。

誰かの 財布を 拾いました。
撿到了某人的錢包。

延 お札 鈔票

□ 切符 (きっ ぷ)

車票、船票、飛機票、入場券

例 駅で 切符を 買います。
在車站買車票。

切符は ポケットに 入れたはずです。
票應該放進口袋裡了。

延 改札口 剪票口

□ 時計 (と けい)

鐘錶、時鐘

例 時計を 見なさい。
看時鐘！

時計を 持って いますか。
有帶錶嗎？

延 時間 時間
腕時計 手錶

□ **眼鏡**（めがね）

眼鏡

例 新しい 眼鏡を 買いたいです。
想買新的眼鏡。

延 視力（しりょく） 視力

どんな 形の 眼鏡が いいですか。
什麼樣形狀的眼鏡好呢？

□ **机**（つくえ）

桌子、書桌

例 机の 上を 整理しましょう。
整理桌子的上面吧！

似 デスク 辦公、學習用
的西式桌子

父が 机を 作って くれました。
父親為我做了書桌。

テーブル 桌子、
飯桌、
工作檯

□ **椅子**（いす）

椅子、地位

例 椅子に 座ります。
坐在椅子上。

椅子の 数が 足りません。
椅子的數量不夠。

□ **電話**（でんわ）

電話

例 お客さんに 電話を かけます。
打電話給客人。

延 携帯電話（けいたいでんわ） 行動電話

電話は どこに ありますか。
電話在哪裡呢？

實力測驗！

問題 1. _____ の ことばは どう よみますか。1・2・3・4から
いちばん いい ものを ひとつ えらんで ください。

1. （　） それは <u>他</u>の ひとに おねがいします。
　　 ①いろ　　　　②たい　　　　③かお　　　　④ほか

2. （　） <u>病気</u>ですから、やすみます。
　　 ①ひょうき　　②びょうき　　③しょうき　　④じょうき

3. （　） あねの <u>結婚</u>が きまりました。
　　 ①けつこん　　②けいこん　　③けっこん　　④けんこん

問題 2. _____ の ことばは どう かきますか。1・2・3・4から
いちばん いい ものを ひとつ えらんで ください。

1. （　） どんな <u>しごと</u>が したいですか。
　　 ①志事　　　　②士働　　　　③私事　　　　④仕事

2. （　） おとうとが <u>かびん</u>を わりました。
　　 ①容瓶　　　　②華瓶　　　　③植瓶　　　　④花瓶

3. （　） この<u>かばん</u>は かなり おもいです。
　　 ①器　　　　②包　　　　③堤　　　　④鞄

問題 3. （　　　）に ふさわしい ものは どれですか。1・2・3・4
から いちばん いい ものを ひとつ えらんで ください。

1. つまは スーパーへ （　　　）に いって います。
　　 ①けっこん　　　②りょこう　　　③かいもの　　　④びょうき

2. お（　　　　）、おめでとう　ございます。

　　①としょかん　　　②たんじょうび　　③まんねんひつ　　④ぎゅうにく

3. どこかで　（　　　　）を　おとしました。

　　①おしり　　　　　　②てんき　　　　　③あたま　　　　　④さいふ

問題4. つぎの　ことばの　つかいかたで　いちばん　いい　ものを　1・2・3・4から　ひとつ　えらんで　ください。

1. せっけん

　　①ゆうごはんに　せっけんを　たべました。

　　②わたしは　せっけんが　ふたり　います。

　　③せっけんで　てを　よく　あらいましょう。

　　④このジュースは　せっけんで　つくりました。

2. おかね

　　①おかねを　あらって　ください。

　　②こんげつの　おかねは　もう　ありません。

　　③だいがくの　ともだちに　おかねを　かきました。

　　④それは　おかねの　なかに　いれて　ください。

3. ねつ

　　①ねつが　あるから、びょういんへ　いきます。

　　②ゆうびんきょくで　ねつを　かいます。

　　③ひまな　とき、ねつで　あそびます。

　　④もんの　ところに　ねつが　います。

□ **学校**
<ruby>学校<rt>がっこう</rt></ruby>

學校

例 いつも <ruby>友<rt>とも</rt></ruby>だちと <ruby>学校<rt>がっこう</rt></ruby>へ <ruby>行<rt>い</rt></ruby>きます。
總是和朋友去學校。

<ruby>学校<rt>がっこう</rt></ruby>は とても <ruby>楽<rt>たの</rt></ruby>しいです。
學校非常歡樂。

延 <ruby>先生<rt>せんせい</rt></ruby> 老師

□ **大学**
<ruby>大学<rt>だいがく</rt></ruby>

大學

例 2<ruby>年前<rt>ねんまえ</rt></ruby>に <ruby>大学<rt>だいがく</rt></ruby>を <ruby>卒業<rt>そつぎょう</rt></ruby>しました。
2年前從大學畢業了。

どこの <ruby>大学<rt>だいがく</rt></ruby>に <ruby>入<rt>はい</rt></ruby>りたいですか。
想進哪裡的大學呢？

延 <ruby>大学院<rt>だいがくいん</rt></ruby> 研究所

□ **教室**
<ruby>教室<rt>きょうしつ</rt></ruby>

教室

例 あなたの <ruby>教室<rt>きょうしつ</rt></ruby>は どこですか。
你的教室在哪裡呢？

わたしの <ruby>教室<rt>きょうしつ</rt></ruby>は 4<ruby>階<rt>かい</rt></ruby>です。
我的教室在4樓。

延 クラス （學校的）班級、等級
<ruby>授業<rt>じゅぎょう</rt></ruby> 授業、授課、教課

□ **図書館**
<ruby>図書館<rt>としょかん</rt></ruby>

圖書館

例 いっしょに <ruby>図書館<rt>としょかん</rt></ruby>で <ruby>勉強<rt>べんきょう</rt></ruby>しましょう。
一起在圖書館讀書吧！

ここの <ruby>図書館<rt>としょかん</rt></ruby>は <ruby>静<rt>しず</rt></ruby>かで、<ruby>広<rt>ひろ</rt></ruby>いです。
這裡的圖書館又安靜又寬廣。

延 <ruby>本<rt>ほん</rt></ruby> 書、書籍
<ruby>読書<rt>どくしょ</rt></ruby> 讀書

□ **授業**〔じゅぎょう〕

授業、授課、教課

例 英語の 授業が 嫌いです。
討厭英文課。

次の 授業は 歴史です。
下一節課是歷史。

似 レッスン 課程、學習

□ **勉強**〔べんきょう〕

學習、讀書

例 わたしは 勉強が 苦手です。
我對學習不在行。

姉は 勉強が 得意です。
姊姊很會讀書。

□ **練習**〔れんしゅう〕

練習

例 練習の 時間が 足りません。
練習的時間不夠。

テニスの 練習を しましょう。
來練習網球吧！

□ **平仮名**〔ひらがな〕

平假名（由漢字草體製作而成的日本獨特音節文字）

例 幼稚園で 平仮名を 教えます。
在幼稚園教平假名。

平仮名を 書くことが できます。
會寫平假名。

延 文字〔もじ〕 文字、字
字〔じ〕 字、文字、字跡

□ **片仮名**
（かたかな）

片仮名（取漢字一部分製作而成的日本獨特音節文字）

例 片仮名を 読むことが できません。
（かたかな）（よ）
不會唸片假名。

延 **外来語** 外來語（從別
（がいらいご） 的語言借來的
詞彙）

授業で 片仮名を 学びました。
（じゅぎょう）（かたかな）（まな）
上課中學習了片假名。

□ **漢字**
（かんじ）

漢字

例 漢字は 難しく ありません。
（かんじ）（むずか）
漢字不難。

この漢字は どう 読みますか。
（かんじ）（よ）
這個漢字要怎麼唸呢？

□ **言葉**
（ことば）

語言、詞、話

例 驚いて、言葉が 出て きません。
（おどろ）（ことば）（で）
嚇到説不出話來。

動物は 言葉を 話すことが できません。
（どうぶつ）（ことば）（はな）
動物不會説話。

□ **文章**
（ぶんしょう）

文章

例 文章を 書くことが 好きです。
（ぶんしょう）（か）（す）
喜歡寫文章。

似 **文** 文章、句子、文
（ぶん）
延 **作文** 作文
（さくぶん）

この文章を 読んで ください。
（ぶんしょう）（よ）
請唸這篇文章。

□ **意味**〔いみ〕

意思、意圖、意義、意味

例 この意味が　分かりません。
這個意思不懂。

辞書で　意味を　調べます。
用字典查意思。

□ **作文**〔さくぶん〕

作文

例 作文を　書かなければ　なりません。
非寫作文不可。

作文は　あまり　得意では　ありません。
不太擅長作文。

延 **文**〔ぶん〕文章、句子、文
文章〔ぶんしょう〕文章

□ **宿題**〔しゅくだい〕

作業、習題

例 そろそろ　宿題を　しましょう。
差不多該寫作業了吧！

毎日、宿題が　たくさん　あります。
每天，有很多作業。

□ **英語**〔えいご〕

英語、英文

例 英語を　話すことが　できます。
會説英語。

外国人に　英語を　習って　います。
正跟外國人學英語。

延 **外国語**〔がいこくご〕外國話、外語

□ **質問** しつもん

質詢、詢問、
提問、疑問

例 何か　質問は　ありませんか。
なに　　しつもん

有沒有什麼疑問呢？

先生に　質問を　します。
せんせい　しつもん

向老師詢問。

□ **問題** もんだい

問題

例 今から　問題を　出します。
いま　　もんだい　　だ

現在開始我來出問題。

この問題の　答えは　何ですか。
もんだい　　こた　　なん

這個問題的解答是什麼呢？

反 答え こた 回答、解答
解答 かいとう 解答

□ **休み** やす

休息、休假

例 休みが　ほしいです。
やす

想要休息。

日よう日は　休みです。
にち　　び　　やす

星期天休息。

延 休日 きゅうじつ 休息日、休假日
休憩 きゅうけい 休憩、休息

□ **夏休み** なつやす

暑假

例 夏休みは　いつからですか。
なつやす

暑假從何時開始呢？

夏休みは　長いです。
なつやす　　なが

暑假很長。

□ **冬休み**
ふゆやす

寒假

例 冬休みに 何を しますか。
ふゆやす　なに

寒假要做什麼呢？

冬休みは あまり 長く ありません。
ふゆやす　　　　　　なが

寒假不太長。

□ **番号**
ばんごう

號碼

例 番号を 教えて ください。
ばんごう　おし

請告訴我號碼。

似 ナンバー 號數、號碼

番号を 調べなければ なりません。
ばんごう　しら

非查詢號碼不可。

□ **電気**
でん き

電、電力、電燈

例 電気を つけて ください。
でん き

請開電燈。

寝る前に、電気を 消します。
ね　まえ　　でん き　け

睡覺前關電燈。

□ **冷蔵庫**
れいぞう こ

冰箱

例 冷蔵庫の 中に 何も ありません。
れいぞう こ　なか　なに

冰箱裡什麼都沒有。

延 冷凍庫 冷凍庫
れいとうこ

大きい 冷蔵庫が ほしいです。
おお　　　れいぞう こ

想要大的冰箱。

實力測驗！

問題 1. ＿＿＿＿＿ の ことばは どう よみますか。1・2・3・4から いちばん いい ものを ひとつ えらんで ください。

1. （　　） 冬休みに アメリカへ りょこうに いきます。
　　　①はるやすみ　　②なつやすみ　　③あきやすみ　　④ふゆやすみ

2. （　　） あしたは 学校が やすみです。
　　　①かっこう　　②がっこう　　③かくこう　　④がくこう

3. （　　） あのせんせいの 授業は おもしろいですか。
　　　①そつごう　　②そつぎょう　　③じゅごう　　④じゅぎょう

問題 2. ＿＿＿＿＿ の ことばは どう かきますか。1・2・3・4から いちばん いい ものを ひとつ えらんで ください。

1. （　　） だいがくで なにを まなんで いますか。
　　　①合格　　②大学　　③学校　　④勉学

2. （　　） としょかんで ねないで ください。
　　　①研究室　　②図書室　　③研究館　　④図書館

3. （　　） このもんだいは ぜんぜん わかりません。
　　　①質問　　②問題　　③疑問　　④提題

問題 3. （　　　　） に ふさわしい ものは どれですか。1・2・3・4 から いちばん いい ものを ひとつ えらんで ください。

1. ビールを （　　　　）で ひやして おいて ください。
　①こうえん　　②れいぞうこ　　③ほんだな　　④たべもの

2. このかんじの　（　　　　）が　わかりません。

　　①はな　　　　　　②ひと　　　　　　③いみ　　　　　④いか

3. なにか　（　　　　　）が　ありますか。

　　①らいねん　　　　②じぶん　　　　　③おととい　　　　④しつもん

問題4. つぎの　ことばの　つかいかたで　いちばん　いい　ものを　1・2・3・4から　ひとつ　えらんで　ください。

1. ぶんしょう

　　①このぶんしょうの　いみが　よく　わかりません。

　　②えいごの　ぶんしょうは　なんじからですか。

　　③あしたは　たぶん　ぶんしょうです。

　　④ぶんしょうで　いっしょに　およぎましょう。

2. でんき

　　①ともだちに　でんきを　かけます。

　　②あしたは　テストですから、でんきを　しましょう。

　　③にちようび　ははと　でんきを　しました。

　　④そろそろ　でんきを　つけましょう。

3. ばんごう

　　①ばんごうを　みぎに　まがって　ください。

　　②あなたの　ばんごうは　なんばんですか。

　　③どんな　ばんごうを　のみたいですか。

　　④いっしょに　ばんごうで　べんきょうしましょう。

□ **方向**<ruby>はっこつ<rt></rt></ruby>

方向、方面

例 <ruby>銀行<rt>ぎんこう</rt></ruby>は　どちらの　<ruby>方向<rt>ほうこう</rt></ruby>に　ありますか。
銀行在哪個方向呢？

<ruby>太陽<rt>たいよう</rt></ruby>の　<ruby>方向<rt>ほうこう</rt></ruby>に　<ruby>動<rt>うご</rt></ruby>きます。
隨太陽的方向移動。

似 **方** <ruby>方向、方位<rt></rt></ruby>
　　方角<ruby>ほうがく<rt></rt></ruby> 方位、方向

□ **上**<ruby>うえ<rt></rt></ruby>

上、高處、表面、外面、
（地位）高、（職務）大、
（年齡）長

例 もっと　<ruby>上<rt>うえ</rt></ruby>に　あります。
（東西）在更上面。

ベッドの　<ruby>上<rt>うえ</rt></ruby>に　<ruby>猫<rt>ねこ</rt></ruby>が　います。
床上有貓。

反 **下**<ruby>した<rt></rt></ruby> 下面

□ **下**<ruby>した<rt></rt></ruby>

下、下面、下方、裡
面、（地位）低、
（年齡）小

例 <ruby>机<rt>つくえ</rt></ruby>の　<ruby>下<rt>した</rt></ruby>に　<ruby>犬<rt>いぬ</rt></ruby>が　います。
桌子的下面有狗。

わたしの　<ruby>成績<rt>せいせき</rt></ruby>は　<ruby>下<rt>した</rt></ruby>の　ほうです。
我的成績是（排行）下面的。

反 **上**<ruby>うえ<rt></rt></ruby> 上面

□ **前**<ruby>まえ<rt></rt></ruby>

前、前面、從前、
之前

例 <ruby>前<rt>まえ</rt></ruby>に　<ruby>進<rt>すす</rt></ruby>みましょう。
往前進吧！

<ruby>前<rt>まえ</rt></ruby>の　ページに　<ruby>書<rt>か</rt></ruby>いて　ありました。
前一頁有寫著了。

似 **先**<ruby>さき<rt></rt></ruby> 前頭、前面、前方
反 **後ろ**<ruby>うし<rt></rt></ruby> 後、後面、後方

□ **後ろ**
<ruby>後<rt>うし</rt></ruby>ろ

後、後面、後方

例 <ruby>後<rt>うし</rt></ruby>ろを <ruby>見<rt>み</rt></ruby>ないで ください。
請不要看後面。

<ruby>彼<rt>かれ</rt></ruby>は たぶん <ruby>後<rt>うし</rt></ruby>ろに います。
他大概在後面。

反 <ruby>前<rt>まえ</rt></ruby> 前、前面、從前、
之前
<ruby>先<rt>さき</rt></ruby> 前頭、前面、前方

□ **右**
<ruby>右<rt>みぎ</rt></ruby>

右、右邊、右側、右
手、（直寫信件、文件
等的）前文、右傾

例 あの<ruby>信号<rt>しんごう</rt></ruby>を <ruby>右<rt>みぎ</rt></ruby>に <ruby>曲<rt>ま</rt></ruby>がります。
在那個紅綠燈右轉。

<ruby>右<rt>みぎ</rt></ruby>の <ruby>目<rt>め</rt></ruby>が かゆいです。
右邊的眼睛很癢。

反 <ruby>左<rt>ひだり</rt></ruby> 左、左邊

□ **左**
<ruby>左<rt>ひだり</rt></ruby>

左、左邊、左側、
左派、左手

例 <ruby>左<rt>ひだり</rt></ruby>の ボタンを <ruby>押<rt>お</rt></ruby>します。
按左邊的按鈕。

<ruby>車<rt>くるま</rt></ruby>は <ruby>左<rt>ひだり</rt></ruby>を <ruby>走<rt>はし</rt></ruby>りますか。
車子走左側嗎？

反 <ruby>右<rt>みぎ</rt></ruby> 右、右邊

□ **中**
<ruby>中<rt>なか</rt></ruby>

內部、裡邊、中
央、當中、中間、
其中、中等

例 <ruby>箱<rt>はこ</rt></ruby>の <ruby>中<rt>なか</rt></ruby>に <ruby>何<rt>なに</rt></ruby>が ありますか。
箱子裡面有什麼呢？

<ruby>教室<rt>きょうしつ</rt></ruby>の <ruby>中<rt>なか</rt></ruby>に <ruby>誰<rt>だれ</rt></ruby>も いません。
教室裡沒半個人。

反 <ruby>外<rt>そと</rt></ruby> 外面、外邊、室
外、表面、外部

□ <ruby>外<rt>そと</rt></ruby>		外面、外邊、室外、表面、外部

<ruby>例<rt></rt></ruby> <ruby>子供<rt>こども</rt></ruby>は <ruby>外<rt>そと</rt></ruby>で <ruby>遊<rt>あそ</rt></ruby>びなさい。
小孩去外面玩！

<ruby>外<rt>そと</rt></ruby>から <ruby>変<rt>へん</rt></ruby>な <ruby>音<rt>おと</rt></ruby>が します。
從外面傳來奇怪的聲音。

反 <ruby>中<rt>なか</rt></ruby> 內部、裡邊
　<ruby>内<rt>うち</rt></ruby> 內、中

□ <ruby>東<rt>ひがし</rt></ruby>	東、東方、東洋、東風

<ruby>例<rt></rt></ruby> <ruby>太陽<rt>たいよう</rt></ruby>は <ruby>東<rt>ひがし</rt></ruby>から <ruby>昇<rt>のぼ</rt></ruby>ります。
太陽從東方升起。

<ruby>川<rt>かわ</rt></ruby>の <ruby>水<rt>みず</rt></ruby>は <ruby>東<rt>ひがし</rt></ruby>へ <ruby>流<rt>なが</rt></ruby>れて います。
河水向東流著。

□ <ruby>西<rt>にし</rt></ruby>	西、西方、西洋、西風

<ruby>例<rt></rt></ruby> <ruby>太陽<rt>たいよう</rt></ruby>は <ruby>西<rt>にし</rt></ruby>に <ruby>沈<rt>しず</rt></ruby>みます。
太陽西沉。

この<ruby>風<rt>かぜ</rt></ruby>は <ruby>西<rt>にし</rt></ruby>から <ruby>吹<rt>ふ</rt></ruby>いて います。
這風是從西邊吹來。

□ <ruby>南<rt>みなみ</rt></ruby>	南、南方、南風

<ruby>例<rt></rt></ruby> ここから <ruby>南<rt>みなみ</rt></ruby>へ ３キロ <ruby>進<rt>すす</rt></ruby>みます。
要從這裡往南前進3公里。

この<ruby>部屋<rt>へや</rt></ruby>は <ruby>南<rt>みなみ</rt></ruby>を <ruby>向<rt>む</rt></ruby>いて います。
這個房間朝南。

□ 北 (きた)

北、北方、北風

例 船は 北から 南へ 向かいます。
船從北往南走。

北の ほうに あります。
在北邊那裡有。

□ 先 (さき)

尖端、前頭、前面、前方、（交涉的）對方、將來、下文、目的地

例 先に 行きます。
（我）先去。

もっと 先に いました。
（人或有生命的東西）再更前面有。

似 前 (まえ) 前、前面
反 後 (あと) 後邊、後面
後ろ (うし) 後、後面、後方

□ 後 (あと)

後邊、後面、以後、後來、死後、其餘、後繼者、子孫、以前、後果

例 彼の 後を 追います。
跟著他後面追。

あの人は 後から 来ました。
那個人隨後來了。

似 後ろ (うし) 後、後面、後方
反 先 (さき) 前頭、前面、前方
前 (まえ) 前、前面

□ 縦 (たて)

豎、長、縱、縱長

例 縦は 10 センチです。
縱長是10公分。

縦に 並んで ください。
請排成縱隊。

反 横 (よこ) 橫、橫長

□ 横（よこ）

横、横長、旁邊、側面、不正

反 縦（たて） 縦、縦長

例 カードを 横（よこ）に 並（なら）べましょう。
把卡片橫排吧！

ベッドに 横（よこ）に なりたいです。
想躺在床上。

□ 側（そば）

旁邊、附近

例 部長（ぶちょう）の 家（いえ）は 駅（えき）の 側（そば）です。
部長的家在車站的旁邊。

もっと 側（そば）に 来（き）て ください。
請再靠近身邊來。

□ 向（む）こう

對面、另一側、那邊、對方

例 向（む）こうに 行（い）って ください。
請走那邊。

向（む）こうから 車（くるま）が 来（き）ます。
從那邊有車要來。

□ 隣（となり）

鄰、鄰近、隔壁、鄰居

例 隣（となり）に 誰（だれ）か 引（ひ）っ越（こ）して きました。
不知道誰搬來隔壁了。

先生（せんせい）の 隣（となり）に いる人（ひと）は 誰（だれ）ですか。
在老師隔壁的人是誰呢？

□ 辺 ^{へん}

附近、一帶

例 この辺で　降ります。
在這附近下車。

あなたの　会社は　どの辺ですか。
你的公司在哪一帶呢？

似 辺り^{あた}　附近、一帶

□ 方 ^{ほう}

方向、方位、
〜的一方

例 そっちの　方へ　行かないで。
不要去那邊。

こっちの　方が　いいです。
這邊好。

似 方向^{ほうこう}　方向、方面
方角^{ほうがく}　方位、方向

□ 入口 ^{いりぐち}

入口、門口

例 入口は　どこですか。
入口在哪裡呢？

入口から　入ります。
從入口進入。

反 出口^{でぐち}　出口、出路

□ 出口 ^{でぐち}

出口、出路

例 出口が　見つかりません。
找不到出口。

出口で　会いましょう。
在出口見吧！

反 入口^{いりぐち}　入口、門口

實力測驗！

問題 1. ＿＿＿＿＿ の　ことばは　どう　よみますか。1・2・3・4から　
いちばん　いい　ものを　ひとつ　えらんで　ください。

1. （　　） テレビの　<u>上</u>に　おきましょう。
   ①うた　　　　②うし　　　　③うえ　　　　④うち

2. （　　） <u>北</u>の　国は　さむいです。
   ①きす　　　　②きく　　　　③きみ　　　　④きた

3. （　　） やまの　<u>向こう</u>は　うみです。
   ①むこう　　　②まこう　　　③しこう　　　④とこう

問題 2. ＿＿＿＿＿ の　ことばは　どう　かきますか。1・2・3・4から　
いちばん　いい　ものを　ひとつ　えらんで　ください。

1. （　　） <u>そと</u>に　だれか　います。
   ①内　　　　　②北　　　　　③外　　　　　④他

2. （　　） ぎんこうは　この<u>さき</u>に　あります。
   ①前　　　　　②先　　　　　③端　　　　　④後

3. （　　） かばんの　<u>なか</u>に　いれましょう。
   ①中　　　　　②内　　　　　③部　　　　　④心

問題 3. （　　　　　）に　ふさわしい　ものは　どれですか。1・2・3・4
から　いちばん　いい　ものを　ひとつ　えらんで　ください。

1. うちの　（　　　　　）は　山です。
   ①ろうか　　　②うしろ　　　③おしり　　　④せいと

2. コンビニの　（　　　　）に　ポストが　あります。

①すし　　　　　　　②あね　　　　　　③よこ　　　　　　④かお

3. つくえを　（　　　　）に　ならべて　ください。

①へん　　　　　　　②ほう　　　　　　③くつ　　　　　　④たて

問題4. つぎの　ことばの　つかいかたで　いちばん　いい　ものを　1・
2・3・4から　ひとつ　えらんで　ください。

1. あと

①そらの　あとは　あおいです。

②じゅぎょうの　あと　せんせいに　ききます。

③ハンカチを　あとに　いれます。

④あとを　もう　すこし　いれましょう。

2. みぎ

①パンに　みぎを　ぬります。

②まいにち　みぎを　たべます。

③みぎは　どこに　ありますか。

④みぎの　てが　いたいです。

3. となり

①なつの　となりは　ひとが　おおいです。

②あしたは　たぶん　となりです。

③まいあさ　となりに　おきます。

④となりの　ひとは　がいこくじんです。

□ **本**（ほん）　　　　　　書、書籍

例 本を　読むことが　好きです。
喜歡看書。
本屋で　本を　買いました。
在書店買書了。

延 **雑誌**（ざっし）雑誌

□ **辞書**（じしょ）　　　　辭典

例 辞書で　調べましょう。
用辭典查了。
もっと　厚い　辞書が　ほしいです。
想要更厚的辭典。

似 **辞典**（じてん）辭典
字引（じびき）字典、辭典

□ **字引**（じびき）　　　字典、辭典

例 これは　何の　字引ですか。
這是什麼的字典呢？
テストですから、字引を　見ないで　ください。
因為是考試，所以請不要看字典。

似 **辞書**（じしょ）辭典
辞典（じてん）辭典

□ **本棚**（ほんだな）　　書架、書櫥

例 本棚に　漫画や　小説が　あります。
書架上有漫畫和小説。
大きい　本棚が　必要です。
需要大的書架。

□ 荷物（にもつ）

行李、貨物、物品、累贅

例 荷物を 持って ください。
請拿行李。

ずいぶん 大きい 荷物です。
相當大的行李。

□ 手紙（てがみ）

信、書信

例 友だちに 手紙を 書きましょう。
寫信給朋友吧！

英語の 手紙を 直して くださいませんか。
能不能請您幫我修改英文信呢？

延 ポスト 郵筒、信箱
郵便局（ゆうびんきょく） 郵局

□ 箱（はこ）

盒、箱、匣

例 ケーキは 箱に 入れて ください。
蛋糕請放到盒子裡。

箱の 中に 何が 入って いますか。
盒子裡放著什麼呢？

延 プレゼント 禮物

□ 切手（きって）

郵票

例 封筒に 切手を 貼ります。
在信封上貼郵票。

父は 切手を 集めて います。
父親蒐集著郵票。

□ **封筒**（ふうとう）

信封

例 封筒（ふうとう）が　もう　ありません。
已經沒有信封了。

可愛（かわい）い　封筒（ふうとう）を　買（か）いましょう。
買可愛的信封吧！

延 便（びん）せん　信箋、信紙

□ **葉書**（はがき）

明信片

例 先生（せんせい）に　葉書（はがき）を　出（だ）します。
寄明信片給老師。

旅行（りょこう）の　時（とき）、いろいろな　葉書（はがき）を　買（か）います。
旅行的時候，要買各式各樣的明信片。

似 ポストカード　明信片
延 絵葉書（えはがき）　照片、圖畫明信片

□ **鉛筆**（えんぴつ）

鉛筆

例 鉛筆（えんぴつ）を　持（も）って　いますか。
有帶鉛筆嗎？

鉛筆（えんぴつ）を　削（けず）らなければ　なりません。
非削鉛筆不可。

延 文房具（ぶんぼうぐ）　文具

□ **万年筆**（まんねんひつ）

鋼筆

例 父（ちち）が　万年筆（まんねんひつ）を　くれました。
父親給我鋼筆了。

誕生日（たんじょうび）に　万年筆（まんねんひつ）が　ほしいです。
生日時想要鋼筆。

延 ボールペン　原子筆

102

□ 紙（かみ）

紙

例 紙（かみ）に　メモします。
在紙上做筆記。

紙（かみ）を　捨（す）てないで　ください。
請不要把紙扔掉。

□ 今日（きょう）

今天、今日

例 今日（きょう）は　何曜日（なんようび）ですか。
今天是星期幾呢？

今日（きょう）は　とても　暑（あつ）いです。
今天非常炎熱。

延 カレンダー 日曆、月曆

□ 昨日（きのう）

昨日、昨天

例 昨日（きのう）は　雨（あめ）でした。
昨天是雨天。

昨日（きのう）の　テストは　どうでしたか。
昨天的考試如何呢？

□ 明日（あした）

明日、明天

例 明日（あした）から　京都（きょうと）へ　行（い）きます。
明天開始要去京都。

明日（あした）の　会議（かいぎ）は　何時（なんじ）からですか。
明天的會議是幾點開始呢？

□ おととい

前天

例 おととい、自転車で　転びました。
前天，騎腳踏車跌倒了。

おとといは　どう　過ごしましたか。
前天怎麼度過的呢？

□ あさって

後天

例 あさって、彼と　動物園へ　行きます。
後天，要和男朋友去動物園。

祖母は　あさって　入院します。
祖母後天要住院。

□ 毎日

毎日、毎天

例 毎日　とても　忙しいです。
每天非常忙碌。

毎日　5時間くらい　勉強します。
每天大約讀書5小時。

延 いつも　經常、總是、平時

□ 毎月

毎個月

例 毎月の　家賃は　いくらですか。
每個月的房租是多少錢呢？

この雑誌は　毎月　一回です。
這個雜誌每個月（出刊）一次。

□ **毎年**　<ruby>毎年<rt>まいとし</rt></ruby>

毎年、年年

例　<ruby>毎年<rt>まいとし</rt></ruby>　かならず　<ruby>海外<rt>かいがい</rt></ruby>へ　<ruby>行<rt>い</rt></ruby>きます。
毎年一定會去國外。

<ruby>母<rt>はは</rt></ruby>は　<ruby>毎年<rt>まいとし</rt></ruby>　<ruby>富士山<rt>ふ じ さん</rt></ruby>に　<ruby>登<rt>のぼ</rt></ruby>って　います。
母親每年都會爬富士山。

□ **今年**　<ruby>今年<rt>こ とし</rt></ruby>

今年

例　<ruby>今年<rt>こ とし</rt></ruby>の　<ruby>目標<rt>もくひょう</rt></ruby>は　<ruby>何<rt>なん</rt></ruby>ですか。
今年的目標是什麼呢？

<ruby>今年<rt>こ とし</rt></ruby>の　<ruby>冬<rt>ふゆ</rt></ruby>は　あまり　<ruby>寒<rt>さむ</rt></ruby>く　ありません。
今年的冬天不太冷。

□ **来年**　<ruby>来年<rt>らいねん</rt></ruby>

明年

例　<ruby>来年<rt>らいねん</rt></ruby>から　アメリカで　<ruby>暮<rt>く</rt></ruby>らします。
明年開始要在美國生活。

<ruby>来年<rt>らいねん</rt></ruby>の　<ruby>夏<rt>なつ</rt></ruby>ごろ　<ruby>結婚<rt>けっこん</rt></ruby>します。
明年夏天前後要結婚。

□ **再来年**　<ruby>再来年<rt>さ らいねん</rt></ruby>

後年

例　<ruby>再来年<rt>さ らいねん</rt></ruby>の　ことは　ぜんぜん　<ruby>分<rt>わ</rt></ruby>かりません。
後年的事情完全不知道。

<ruby>祖父<rt>そ ふ</rt></ruby>は　<ruby>再来年<rt>さ らいねん</rt></ruby>、100<ruby>歳<rt>ひゃく さい</rt></ruby>に　なります。
祖父後年就要100歲了。

實力測驗！

問題1. ＿＿＿＿＿の　ことばは　どう　よみますか。1・2・3・4から
　　　いちばん　いい　ものを　ひとつ　えらんで　ください。

1. (　　) むすめに　荷物を　おくりました。
　　　①かもの　　　②かもつ　　　③にもの　　　④にもつ

2. (　　) ときどき、りょうしんに　葉書を　かきます。
　　　①てがき　　　②はがき　　　③ようしょ　　　④はっしょ

3. (　　) 切手は　ここに　はって　ください。
　　　①きっぷ　　　②きって　　　③きりふ　　　④きりて

問題2. ＿＿＿＿＿の　ことばは　どう　かきますか。1・2・3・4から
　　　いちばん　いい　ものを　ひとつ　えらんで　ください。

1. (　　) ふうとうを　さんまい　ください。
　　　①封書　　　②封筒　　　③信封　　　④信容

2. (　　) きょうは　なんようびですか。
　　　①今日　　　②明日　　　③今天　　　④明天

3. (　　) ちちは　まいにち　かいしゃで　はたらいて　います。
　　　①月月　　　②毎月　　　③日日　　　④毎日

問題3. (　　　　) に　ふさわしい　ものは　どれですか。1・2・3・4
　　　から　いちばん　いい　ものを　ひとつ　えらんで　ください。

1. それは　(　　　　) に　いれて　ください。
　　①ほし　　　②はこ　　　③ほね　　　④はし

2. だいがくせいの　むすめに　（　　　　）　米を　おくります。
　　①まいつき　　　　②いもうと　　　　③せっけん　　　　④かいもの

3. このみせは　（　　　　）　やすみでした。
　　①あさって　　　　②らいねん　　　　③おととい　　　　④えんぴつ

問題 4. つぎの　ことばの　つかいかたで　いちばん　いい　ものを　1・2・3・4から　ひとつ　えらんで　ください。

1. てがみ
　　①こうえんで　てがみを　だします。
　　②いつも　てがみで　からだを　あらいます。
　　③ともだちから　てがみを　もらいました。
　　④あなたは　てがみを　ひくことが　できますか。

2. まんねんひつ
　　①それは　まんねんひつに　たのんで　ください。
　　②それは　ちちの　まんねんひつです。
　　③こうちょうの　はなしは　まんねんひつです。
　　④びょういんで　まんねんひつを　うちました。

3. じしょ
　　①わからないことばは　じしょで　しらべなさい。
　　②じしょは　トイレで　かうことが　できます。
　　③ねるまえに、じしょを　けして　ください。
　　④あめの　とき、じしょを　さします。

☐ 零
<ruby>零<rt>れい</rt></ruby>

例 <ruby>昨日<rt>きのう</rt></ruby>の <ruby>試験<rt>しけん</rt></ruby>は <ruby>零点<rt>れいてん</rt></ruby>でした。
昨天考試零分。

<ruby>零<rt>れい</rt></ruby>と ゼロは <ruby>同<rt>おな</rt></ruby>じ <ruby>意味<rt>いみ</rt></ruby>です。
零和0意思相同。

零

延 ゼロ 0

☐ <ruby>一<rt>いち</rt></ruby>

一

例 <ruby>一<rt>いち</rt></ruby>から <ruby>十<rt>じゅう</rt></ruby>まで <ruby>数<rt>かぞ</rt></ruby>えます。
從一數到十。

<ruby>一番<rt>いちばん</rt></ruby>は <ruby>鈴木<rt>すずき</rt></ruby>さんです。
第一名是鈴木同學。

☐ <ruby>二<rt>に</rt></ruby>

二

例 <ruby>犬<rt>いぬ</rt></ruby>が <ruby>二匹<rt>にひき</rt></ruby> います。
有二隻狗。

<ruby>京都<rt>きょうと</rt></ruby>に <ruby>二回<rt>にかい</rt></ruby> <ruby>行<rt>い</rt></ruby>ったことが あります。
去過京都二次。

☐ <ruby>三<rt>さん</rt></ruby>

三

例 <ruby>三時<rt>さんじ</rt></ruby>に <ruby>会<rt>あ</rt></ruby>いましょう。
三點見吧！

<ruby>切手<rt>きって</rt></ruby>を <ruby>三枚<rt>さんまい</rt></ruby> ください。
請給我三張郵票。

□ **四 / 四**
し / よん

四

例 冷蔵庫に 卵が 四個 あります。
れいぞう こ　　たまご　　よん こ
冰箱裡有四個蛋。

自転車が 四台 あります。
じ てんしゃ　　よんだい
有四台腳踏車。

□ **五**
ご

五

例 五人で 行きます。
ご にん　　い
五個人一起去。

うちは 五人 家族です。
ご にん　 か ぞく
我們家有五個人。

□ **六**
ろく

六

例 毎日 六時間くらい 寝ます。
まいにち　ろく じ かん　　　　ね
每天睡六個小時左右。

この部屋の 家賃は 六万円です。
　　　へ や　　や ちん　　ろくまんえん
這個房間的房租是六萬日圓。

□ **七 / 七**
しち / なな

七

例 封筒を 七枚 買いました。
ふうとう　　ななまい　か
買了七個信封。

教室に 生徒が 七人 います。
きょうしつ　　せいと　　しちにん
教室裡有七名學生。

□ 八 ^{はち}

八

例 八月に　北海道へ　行きます。
八月要去北海道。

成績は　クラスで　八番目でした。
成績在班上是第八名。

□ 九 / 九 ^{きゅう / く}

九

例 わたしは　九階に　住んで　います。
我住在九樓。

今朝の　気温は　九度でした。
今天早上的氣溫是九度。

□ 十 ^{じゅう}

十

例 十円が　落ちて　います。
十日圓掉落在地上。

十円　足りません。
不夠十日圓。

□ 百 ^{ひゃく}

一百

例 全部で　百円です。
總共一百日圓。

うちの　社員は　百人くらいです。
我們公司的員工大約一百個人。

□ <ruby>千<rt>せん</rt></ruby>　　　　　　　　　　　　　　一千

例　このシャツは　だいたい　<ruby>千円<rt>せんえん</rt></ruby>ほどです。
這件襯衫大致是一千日圓的程度。

<ruby>千円札<rt>せんえんさつ</rt></ruby>が　<ruby>三枚<rt>さんまい</rt></ruby>　あります。
我有一千日圓鈔票三張。

□ <ruby>万<rt>まん</rt></ruby>　　　　　　　　　　　　　　萬

例　<ruby>一万円<rt>いちまんえん</rt></ruby>　<ruby>貸<rt>か</rt></ruby>して　ください。
請借我一萬日圓。

わたしの　<ruby>給料<rt>きゅうりょう</rt></ruby>は　<ruby>二十八万円<rt>に じゅうはちまんえん</rt></ruby>です。
我的薪水是二十八萬日圓。

□ <ruby>全部<rt>ぜん ぶ</rt></ruby>　　　　　　　　　　　　　全部

例　<ruby>全部<rt>ぜん ぶ</rt></ruby>で　<ruby>八千円<rt>はっせんえん</rt></ruby>です。
全部總共八千日圓。

似 <ruby>全<rt>すべ</rt></ruby>て　全部、一切

<ruby>彼<rt>かれ</rt></ruby>らは　<ruby>全部<rt>ぜん ぶ</rt></ruby>　わたしの　<ruby>生徒<rt>せい と</rt></ruby>です。
他們全部都是我的學生。

□ <ruby>半分<rt>はんぶん</rt></ruby>　　　　　　　　　　　　一半、二分之一

例　<ruby>肉<rt>にく</rt></ruby>を　<ruby>半分<rt>はんぶん</rt></ruby>に　<ruby>切<rt>き</rt></ruby>ります。
把肉切成兩半。

<ruby>半分<rt>はんぶん</rt></ruby>だけ　<ruby>食<rt>た</rt></ruby>べましょう。
只吃一半吧！

□ 半 （はん）

半、二分之一

例 今は　三時半（さんじはん）です。
現在是三點半。

学校（がっこう）は　半日（はんにち）だけです。
學校只上半天。

□ 大勢 （おおぜい）

許多人

例 パーティーに　大勢（おおぜい）　参加（さんか）します。
會有很多人參加宴會。

大勢（おおぜい）の　前（まえ）で　発表（はっぴょう）します。
要在很多人面前發表。

延 たくさん　很多、許多

□ 午前 （ごぜん）

上午

例 銀行（ぎんこう）は　午前（ごぜん）　何時（なんじ）からですか。
銀行上午幾點開始呢？

午前（ごぜん）の　うちに　服（ふく）を　干（ほ）します。
趁上午曬衣服。

反 午後（ごご）　午後、下午

□ 午後 （ごご）

午後、下午

例 午後（ごご）は　ずっと　大学（だいがく）に　います。
下午一直都在大學。

たぶん　午後（ごご）から　暑（あつ）く　なります。
可能從下午開始會變熱。

反 午前（ごぜん）　上午

□ **朝**_{あさ} 早晨

例 **朝**_{あさ}は　**何時**_{なんじ}に　**起**_おきますか。
早晨幾點起床呢？

朝_{あさ}は　いつも　**忙**_{いそが}しいです。
早晨總是很忙。

□ **昼**_{ひる} 白天、白晝、中午、午餐

例 **昼**_{ひる}は　たいてい　**家**_{いえ}に　います。
中午大抵在家。

昼_{ひる}ごろ　**母**_{はは}と　**出**_でかけました。
中午左右，和母親出門了。

□ **晩**_{ばん} 晚、晚上

例 **今晩**_{こんばん}は　かなり　**冷**_ひえます。
今天晚上相當冷。

晩_{ばん}**ご飯**_{はん}は　**何**_{なん}ですか。
晚餐是什麼呢？

□ **夜**_{よる} 夜晚、晚上

例 **夜**_{よる}の　**授業**_{じゅぎょう}は　**何時**_{なんじ}からですか。
晚上的課是幾點開始呢？

夜_{よる}は　**一人**_{ひとり}で　**出**_でかけないで　ください。
晚上請不要一個人出門。

實力測驗！

問題1. ＿＿＿＿ の　ことばは　どう　よみますか。1・2・3・4から
いちばん　いい　ものを　ひとつ　えらんで　ください。

1. （　　） 晩ごはんが　できました。
   ①よる   ②よい   ③はん   ④ばん

2. （　　） きょうの　昼は　どこで　食べますか。
   ①たい   ②ひる   ③かい   ④よる

3. （　　） 午後、ぎんこうへ　いきます。
   ①ここ   ②こご   ③ごこ   ④ごご

問題2. ＿＿＿＿ の　ことばは　どう　かきますか。1・2・3・4から
いちばん　いい　ものを　ひとつ　えらんで　ください。

1. （　　） まいあさ　なんじに　おきますか。
   ①夜   ②朝   ③昼   ④時

2. （　　） れいから　じゅうまで　かぞえて　ください。
   ①数   ②一   ③零   ④丸

3. （　　） ここまで　はちじかん　かかりました。
   ①一   ②三   ③六   ④八

問題3. （　　　　） に　ふさわしい　ものは　どれですか。1・2・3・4
から　いちばん　いい　ものを　ひとつ　えらんで　ください。

1. おおきい　ケーキを　（　　　　）　たべました。
 ①はんにん ②はんにち ③はんぶん ④はんすう

2. ことしで　（　　　　）ねんめに　なります。
　　①こ　　　　　　　②ご　　　　　　③か　　　　　④が

3. ビールを　（　　　　）も　のみました。
　　①くほん　　　　　②くうほん　　　③きゅぼん　　　④きゅうほん

問題4. つぎの　ことばの　つかいかたで　いちばん　いい　ものを　1・
**　　　　2・3・4から　ひとつ　えらんで　ください。**

1. おおぜい
　　①おおぜいの　うえに　かびんが　あります。
　　②こうていに　せいとが　おおぜい　います。
　　③デパートへ　おおぜいに　いきます。
　　④そろそろ　おおぜいを　つけましょう。

2. ぜんぶ
　　①ともだちと　ぜんぶを　あそびました。
　　②きょうの　ぜんぶは　なんですか。
　　③このがっこうは　ぜんぶ　おんなです。
　　④いえの　なかでは　ぜんぶを　はいて　ください。

3. はん
　　①あさ、サラダと　はんを　たべました。
　　②さんねんはん　アフリカに　すんで　いました。
　　③はんで　にくと　さかなを　かいましょう。
　　④はんが　いたいですから、かいしゃを　やすみます。

□ **お巡りさん**　<small>まわ</small>　　　　警察

例 あそこに　お巡りさんが　います。
那裡有警察先生。

お巡りさんに　道を　聞きます。
跟警察先生問路。

似 **警官** 警察
警察官 警察

□ **事**　<small>こと</small>　　　　　　事情

例 事の　詳細を　伝えて　ください。
請詳細轉達事情。

事の　始まりを　話します。
話説從頭。

□ **物**　<small>もの</small>　　　　　物、物質、物品

例 部屋に　物は　ほとんど　ありません。
房間裡幾乎沒有東西。

物を　たくさん　買いました。
買了很多東西。

□ **一番**　<small>いちばん</small>　　　第一、最好、最

例 果物の　中で　何が　一番　好きですか。
水果當中最喜歡什麼呢？

彼女の　成績は　クラスで　一番です。
她的成績是班上第一。

□ 皆 / みんな　　　　　　　　　　　諸位、各位、大家

例　生徒は　皆　可愛いです。
學生大家都很可愛。

みんなで　海へ　泳ぎに　行きませんか。
要不要大家（一起）去海邊游泳呢？

□ 日曜日　　　　　　　　　　　　　星期日、星期天

例　日曜日、どこへ　行きますか。
星期日，要去哪裡呢？

先週の　日曜日は　忙しかったです。
上週的星期天很忙。

□ 月曜日　　　　　　　　　　　　　星期一

例　月曜日は　好きでは　ありません。
不喜歡星期一。

毎週　月曜日、会議が　あります。
每週的星期一有會議。

□ 火曜日　　　　　　　　　　　　　星期二

例　火曜日は　大阪へ　出張です。
星期二要去大阪出差。

今度の　火曜日、病院へ　行きます。
這個星期二，要去醫院。

117

☐ **水曜日**
<ruby>水<rt>すい</rt></ruby><ruby>曜<rt>よう</rt></ruby><ruby>日<rt>び</rt></ruby>

星期三

例 <ruby>料理<rt>りょうり</rt></ruby>の <ruby>学校<rt>がっこう</rt></ruby>は <ruby>水曜日<rt>すいようび</rt></ruby>の <ruby>夜<rt>よる</rt></ruby>です。
烹飪教室是星期三的晚上。

<ruby>水曜日<rt>すいようび</rt></ruby>に <ruby>彼<rt>かれ</rt></ruby>と デートしました。
星期三和男朋友約會了。

☐ **木曜日**
<ruby>木<rt>もく</rt></ruby><ruby>曜<rt>よう</rt></ruby><ruby>日<rt>び</rt></ruby>

星期四

例 <ruby>木曜日<rt>もくようび</rt></ruby>に お<ruby>客<rt>きゃく</rt></ruby>さんが <ruby>来<rt>き</rt></ruby>ます。
星期四客人要來。

<ruby>次<rt>つぎ</rt></ruby>の <ruby>木曜日<rt>もくようび</rt></ruby>は <ruby>暇<rt>ひま</rt></ruby>ですか。
下個星期四有空嗎？

☐ **金曜日**
<ruby>金<rt>きん</rt></ruby><ruby>曜<rt>よう</rt></ruby><ruby>日<rt>び</rt></ruby>

星期五

例 <ruby>金曜日<rt>きんようび</rt></ruby>は パーティーに <ruby>行<rt>い</rt></ruby>きます。
星期五要去宴會。

<ruby>金曜日<rt>きんようび</rt></ruby>は ほとんど お<ruby>酒<rt>さけ</rt></ruby>を <ruby>飲<rt>の</rt></ruby>みます。
星期五幾乎都會喝酒。

☐ **土曜日**
<ruby>土<rt>ど</rt></ruby><ruby>曜<rt>よう</rt></ruby><ruby>日<rt>び</rt></ruby>

星期六

例 <ruby>土曜日<rt>どようび</rt></ruby>は <ruby>働<rt>はたら</rt></ruby>きません。
星期六不工作。

<ruby>再来週<rt>さらいしゅう</rt></ruby>の <ruby>土曜日<rt>どようび</rt></ruby>、<ruby>予定<rt>よてい</rt></ruby>が ありますか。
下下週的星期六，有約嗎？

□ **一月**
いちがつ

一月

例 わたしは 一月に 生まれました。
いちがつ

我是在一月出生的。

日本の 一月は 寒いです。
にほん いちがつ さむ

日本的一月很寒冷。

□ **二月**
にがつ

二月

例 二月から 英語を 勉強します。
にがつ えいご べんきょう

從二月開始要學英文。

来年の 二月ごろ 子供が 生まれます。
らいねん にがつ こども う

明年的二月左右，小孩會誕生。

□ **三月**
さんがつ

三月

例 三月に 花見を しましょう。
さんがつ はなみ

三月來賞花吧！

祖父は 三月に 亡くなりました。
そふ さんがつ な

祖父在三月過世了。

□ **四月**
しがつ

四月

例 息子は 四月から 大学生です。
むすこ しがつ だいがくせい

兒子從四月開始是大學生。

コンサートは 四月に なりました。
しがつ

音樂會變成四月了。

119

□ **五月**
ご がつ

五月

例 五月に　結婚します。
ご がつ　　けっこん
五月要結婚。

新しい　仕事は　五月から　始まります。
あたら　　　し ごと　　ご がつ　　　はじ
新的工作從五月開始。

□ **六月**
ろく がつ

六月

例 わたしの　誕生日は　六月です。
　　　　　たんじょう び　　ろくがつ
我的生日是六月。

六月に　フランスへ　旅行します。
ろく がつ　　　　　　　りょこう
六月要去法國旅行。

□ **七月**
しち がつ

七月

例 七月に　家族で　海へ　行きます。
しちがつ　　か ぞく　　うみ　　い
七月全家要去海邊。

七月は　かなり　暑いです。
しちがつ　　　　　　あつ
七月相當炎熱。

□ **八月**
はち がつ

八月

例 八月の　初めに　入院します。
はちがつ　　はじ　　にゅういん
八月初會住院。

台湾の　八月は　とても　暑いです。
たいわん　　はちがつ　　　　　　あつ
台灣的八月非常炎熱。

120

□ **九月**〔く がつ〕　　　　　　　　　九月

例　アルバイトは　九月〔く がつ〕からです。
打工從九月開始。

留学生〔りゅうがくせい〕は　九月〔く がつ〕に　来〔き〕ます。
留學生九月會來。

□ **十月**〔じゅうがつ〕　　　　　　　　　十月

例　授業〔じゅぎょう〕は　十月〔じゅうがつ〕までです。
上課到十月為止。

九月〔く がつ〕か　十月〔じゅうがつ〕、どこかに　行〔い〕きませんか。
九月還是十月，要不要去哪裡呢？

□ **十一月**〔じゅういちがつ〕　　　　　　　十一月

例　十一月〔じゅういちがつ〕に　会〔あ〕いましょう。
十一月見面吧！

十一月〔じゅういちがつ〕は　予定〔よ てい〕が　多〔おお〕いです。
十一月約會很多。

□ **十二月**〔じゅう に がつ〕　　　　　　　十二月

例　もう　十二月〔じゅう に がつ〕ですね。
已經十二月了呢。

毎年〔まいとし〕　十二月〔じゅう に がつ〕に　大掃除〔おおそう じ〕を　します。
每年十二月會大掃除。

實力測驗！

問題1. ＿＿＿＿の　ことばは　どう　よみますか。1・2・3・4から
いちばん　いい　ものを　ひとつ　えらんで　ください。

1. (　　) むすめは　三月から　がっこうに　いきます。
　　　①みつき　　　　②さんつき　　　③みがつ　　　　④さんがつ

2. (　　) 土曜日は　よていが　ありますか。
　　　①とようひ　　　②どようひ　　　③とようび　　　④どようび

3. (　　) さっき　うちに　お巡りさんが　きました。
　　　①おめぐりさん　　　　　　　　②おまわりさん
　　　③おすんかさん　　　　　　　　④おけいかさん

問題2. ＿＿＿＿の　ことばは　どう　かきますか。1・2・3・4から
いちばん　いい　ものを　ひとつ　えらんで　ください。

1. (　　) あねは　いつも　クラスで　いちばんです。
　　　①一番　　　　　②一位　　　　　③一名　　　　　④一回

2. (　　) みなさん、いまから　テストを　はじめます。
　　　①都　　　　　　②皆　　　　　　③全　　　　　　④合

3. (　　) えきの　まえに　ひとが　たくさん　います。
　　　①車　　　　　　②物　　　　　　③家　　　　　　④人

問題3. (　　　　) に　ふさわしい　ものは　どれですか。1・2・3・4
から　いちばん　いい　ものを　ひとつ　えらんで　ください。

1. まいとし　(　　　　) は　とても　いそがしいです。
　①かようび　　　　②じゅうにがつ　　③まんねんひつ　　④ぎゅうにく

2. かいぎは　（　　　　）の　ごご　にじからです。

　　①いりぐち　　　　②れいぞうこ　　　③きんようび　　　④せっけん

3. さくらは　たいてい　（　　　　　）ごろ　さきます。

　　①さんがつ　　　　②てんき　　　　　③おかし　　　　　④あさごはん

問題 4. つぎの　ことばの　つかいかたで　いちばん　いい　ものを　1・

　　　　 2・3・4から　ひとつ　えらんで　ください。

1. みんな

　　①わたしの　みんなが　きまりました。

　　②そふは　みんなですから、びょういんへ　いきます。

　　③なつやすみに　かぞく　みんなで　ほっかいどうへ　いきます。

　　④えきの　どこかに　みんなを　おとしました。

2. もの

　　①これは　だれの　ものか　わかりますか。

　　②いけの　なかで　ものが　およいで　います。

　　③もので　スープに　あじを　つけました。

　　④からだに　わるいから、ものを　やめます。

3. にちようび

　　①あのかたは　にちようびです。

　　②がっこうの　にちようびは　ながいです。

　　③わたしの　かぞくは　こんどの　にちようびです。

　　④にちようびに　やまのぼりを　しましょう。

□ 今朝（けさ）　　　　今晨、今天早上

例 今朝は 何時に 起きましたか。
今天早上幾點起床呢？

今朝、パンを 食べました。
今天早上，吃麵包了。

□ 今晩（こんばん）　　　　今晚、今夜

例 今晩、何か 予定が ありますか。
今天晚上，有什麼預定嗎？

今晩、いっしょに 飲みませんか。
今天晚上，要不要一起喝一杯呢？

□ 夕方（ゆうがた）　　　　傍晚、黃昏

例 夕方まで テニスの 練習を します。
要練習網球到傍晚。

夕方に なって、少し 涼しく なりました。
一到黃昏，就變得有點涼。

□ 昨夜（ゆうべ）　　　　昨夜、昨晚

例 昨夜は ぜんぜん 眠れませんでした。
昨晚完全沒有睡。

昨夜、怖い 夢を 見ました。
昨晚，做了可怕的夢。

□ **今週**
<ruby>今週<rt>こんしゅう</rt></ruby>

本週、這週、
這個星期

例 <ruby>今週<rt>こんしゅう</rt></ruby>は <ruby>学校<rt>がっこう</rt></ruby>を <ruby>2回<rt>にかい</rt></ruby>も <ruby>休<rt>やす</rt></ruby>みました。
這個星期跟學校請到2次假了。

<ruby>先週<rt>せんしゅう</rt></ruby>は <ruby>暇<rt>ひま</rt></ruby>でしたが、<ruby>今週<rt>こんしゅう</rt></ruby>は <ruby>忙<rt>いそが</rt></ruby>しいです。
上週很閒，但是這週很忙。

□ **先週**
<ruby>先週<rt>せんしゅう</rt></ruby>

上週、上個星期

例 <ruby>先週<rt>せんしゅう</rt></ruby>は ずっと <ruby>天気<rt>てんき</rt></ruby>が よかったです。
上週天氣一直很好。

<ruby>先週<rt>せんしゅう</rt></ruby>から ときどき <ruby>頭<rt>あたま</rt></ruby>が <ruby>痛<rt>いた</rt></ruby>いです。
從上週開始，偶爾就頭痛。

□ **来週**
<ruby>来週<rt>らいしゅう</rt></ruby>

下週、下個星期

例 <ruby>来週<rt>らいしゅう</rt></ruby>、<ruby>旅行<rt>りょこう</rt></ruby>に <ruby>行<rt>い</rt></ruby>きます。
下個星期，要去旅行。

<ruby>来週<rt>らいしゅう</rt></ruby>から テストが <ruby>始<rt>はじ</rt></ruby>まります。
從下個星期開始要考試。

□ **今月**
<ruby>今月<rt>こんげつ</rt></ruby>

本月、這個月

例 <ruby>今月<rt>こんげつ</rt></ruby>も お<ruby>金<rt>かね</rt></ruby>が <ruby>足<rt>た</rt></ruby>りません。
這個月也是錢不夠。

<ruby>今月<rt>こんげつ</rt></ruby>、<ruby>妹<rt>いもうと</rt></ruby>が <ruby>結婚<rt>けっこん</rt></ruby>します。
這個月，妹妹要結婚。

□ **先月**（せんげつ）　　　　　　　上個月

例　先月、病気で　入院しました。
上個月，因為生病住院了。

先月まで　大阪に　いました。
到上個月為止在大阪。

□ **来月**（らいげつ）　　　　　　　下個月

例　来月、アメリカへ　出張します。
下個月，會去美國出差。

来月、いっしょに　ご飯を　食べましょう。
下個月，一起吃飯吧！

□ **今**（いま）　　　　　　　　　　現在、目前

例　今、どこに　いますか。
現在，在哪裡呢？

今、何時ですか。
現在，是幾點呢？

似　**現在**（げんざい）　現在
反　**昔**（むかし）　從前、往昔

□ **昔**（むかし）　　　　　　　　　從前、以前

例　夫は　昔、痩せて　いました。
丈夫從前很瘦。

昔の　話は　止めましょう。
從前的事情就別提吧！

似　**過去**（かこ）　過去
反　**今**（いま）　現在、目前

126

□ **時**（とき）

時、時間、時刻、時期、季節、時候、時機

例 会議の 時、いつも 眠く なります。
開會的時候，總是想睡。

どんな時、幸せを 感じますか。
會在什麼樣的時刻，感到幸福呢？

延 **時間**（じかん） 時間
期間（きかん） 期間

□ **頃／頃**（ころ／ごろ）

時候、時期、
～前後、時機

例 桜が 咲く頃、入学します。
會在櫻花綻放時節入學。

いつ頃、映画を 見に 行きますか。
什麼時候，要去看電影呢？

□ **年**（とし）

年、年度、年齡

例 ずいぶん 年を とりました。
上年紀了。／老很多了。

わたしも もう 年です。
我也是已經有年紀了。／我也是已經老了。

延 **年齡**（ねんれい） 年齡

□ **二十歳**（はたち）

二十歳

例 娘は 今年、二十歳です。
女兒今年二十歲。

二十歳の お祝いを しましょう。
來辦二十歲的慶祝會吧！

延 **成人**（せいじん） 成人
大人（おとな） 成年人、大人

□ 一人
ひとり

一人、一個人

例 一人で できます。
ひとり
一個人可以做到。

参加者は 一人だけでした。
さんかしゃ　　　ひとり
參加者只有一個人。

□ 二人
ふたり

二人、二個人

例 二人で いっしょに やりましょう。
ふたり
二個人一起做吧！

あの二人は 夫婦です。
ふたり　　ふうふ
那二人是夫妻。

□ 一つ
ひと

一、一個、一歲、一樣

例 りんごを 一つ ください。
ひと
請給我一顆蘋果。

ケーキを 一つ 食べました。
ひと　　た
吃了一個蛋糕。

□ 六つ
むっ

六、六個、六歲

例 全部で 六つ あります。
ぜんぶ　　むっ
總共有六個。

卵を 六つ 取って ください。
たまご　　むっ　と
請拿六顆蛋。

□ 八つ

八、八個、八歲

例 娘は 八つに なりました。
女兒八歲了。

八つまで 数えましょう。
算到八吧！

□ 九つ

九、九個、九歲

例 九つの 時、日本に 戻りました。
九歲的時候，回日本了。

飴を 九つ 持って います。
有九顆糖果。

□ 一日

一天、整天

例 昨日は 一日、寝て いました。
昨天一整天都在睡覺。

今日は とても いい 一日でした。
今天是非常美好的一天。

□ 一日

初一、一日、一號

例 一月 一日は 元旦です。
一月一日是元旦。

毎月 一日に 給料を もらいます。
每月一日會領薪水。

實力測驗！

問題1. ＿＿＿＿ の　ことばは　どう　よみますか。1・2・3・4から
　　　　いちばん　いい　ものを　ひとつ　えらんで　ください。

1. （　　） 先週、ともだちと　あいました。
　　　　①せんきょう　　②せんげつ　　　③せんじつ　　　④せんしゅう

2. （　　） 今月から　がいこくじんに　えいごを　まなびます。
　　　　①いまづき　　②いまどき　　　③こんげつ　　　④こんがつ

3. （　　） ちちは　きゅうに　年を　とりました。
　　　　①とし　　　　②ねん　　　　③さい　　　　④とき

問題2. ＿＿＿＿ の　ことばは　どう　かきますか。1・2・3・4から
　　　　いちばん　いい　ものを　ひとつ　えらんで　ください。

1. （　　） ゆうべは　おおあめでした。
　　　　①夕方　　　　②昨夜　　　　③夕日　　　　④昨晩

2. （　　） こんばん、いっしょに　パーティーに　いきませんか。
　　　　①今夜　　　　②今晩　　　　③今度　　　　④今月

3. （　　） むかし、かいがいに　すんで　いました。
　　　　①前　　　　②以　　　　③昔　　　　④過

問題3. （　　　　）に　ふさわしい　ものは　どれですか。1・2・3・4
　　　　から　いちばん　いい　ものを　ひとつ　えらんで　ください。

1. きょうは　たぶん　（　　　　）まで　いそがしいです。
　　　①がっこう　　　②ゆうがた　　　③ばんごう　　　④のみもの

2.（　　　　）、しごとで　アフリカへ　いきます。

　　①おととい　　　　②でんき　　　　　③もんだい　　　　　④らいしゅう

3.（　　　　）まで　まいにち　しけんが　あります。

　　①らいげつ　　　　②むこう　　　　　③うわぎ　　　　　　④とりにく

問題4. つぎの　ことばの　つかいかたで　いちばん　いい　ものを　1・
**　　　　2・3・4から　ひとつ　えらんで　ください。**

1. けさ

　　①けさを　すわないほうが　いいです。

　　②けさで　ねないで　ください。

　　③けさは　なにを　たべましたか。

　　④ひまな　けさ、なにを　しますか。

2. はたち

　　①はたちは　まいにち　あめでした。

　　②はたちまで　おさけを　のまないで　ください。

　　③ともだちと　はたちで　いきました。

　　④うみの　なかに　はたちが　います。

3. ころ

　　①まいばんころ、おさけを　すこし　のみます。

　　②あなたの　おころは　どこですか。

　　③あさの　ころ、しんぶんを　よみます。

　　④そのころ、わたしは　としょかんに　いました。

□ いい／よい

好的、可以的

例 彼は　とても　いい　人です。
他是非常好的人。

今回の　成績は　かなり　よかったです。
這次的成績相當好。

反 悪い　壞的、不好的、
低劣的、有害的

□ 悪い

壞的、不好的、
低劣的、有害的

例 彼女は　性格が　悪いです。
她的個性不好。

昨日は　天気が　悪かったです。
昨天天氣不好。

反 いい／よい　好的、
可以的

□ ない

無、沒有

例 あなたの　席は　ないです。
沒有你的位子。

もう　時間が　ないです。
已經沒有時間了。

□ 青い

青（色）的、綠
（色）的、未成熟
的

例 空は　とても　青いです。
天空非常藍。

青い　色が　好きです。
喜歡藍色。

□ <ruby>赤<rt>あか</rt></ruby>い　　　　　　　　　　　紅（色）的

例 <ruby>彼女<rt>かのじょ</rt></ruby>の　<ruby>頬<rt>ほお</rt></ruby>は　<ruby>赤<rt>あか</rt></ruby>いです。
她的臉頰很紅。

<ruby>血<rt>ち</rt></ruby>は　あまり　<ruby>赤<rt>あか</rt></ruby>く　ありません。
血不太紅。

□ <ruby>黒<rt>くろ</rt></ruby>い　　　　　　　　　　　黑（色）的、
　　　　　　　　　　　　　　　　　不正的

例 <ruby>髪<rt>かみ</rt></ruby>は　<ruby>黒<rt>くろ</rt></ruby>いです。
頭髮是黑的。

マドンナの　<ruby>髪<rt>かみ</rt></ruby>は　<ruby>黒<rt>くろ</rt></ruby>く　ありません。
瑪丹娜（Madonna）的頭髮不是黑色的。

□ <ruby>白<rt>しろ</rt></ruby>い　　　　　　　　　　　白（色）的、
　　　　　　　　　　　　　　　　　清白的

例 <ruby>雪<rt>ゆき</rt></ruby>は　とても　<ruby>白<rt>しろ</rt></ruby>いです。
雪非常潔白。

<ruby>母<rt>はは</rt></ruby>の　<ruby>髪<rt>かみ</rt></ruby>も　<ruby>白<rt>しろ</rt></ruby>く　なりました。
母親的頭髮也變白了。

□ <ruby>黄色<rt>きいろ</rt></ruby>い　　　　　　　　　　黃（色）的

例 この<ruby>店<rt>みせ</rt></ruby>の　カレーは　<ruby>黄色<rt>きいろ</rt></ruby>いです。
這間店的咖哩是黃的。

<ruby>信号<rt>しんごう</rt></ruby>は　<ruby>今<rt>いま</rt></ruby>、<ruby>黄色<rt>きいろ</rt></ruby>いです。
號誌現在是黃色。

□ 厚^{あつ}い

厚的、深厚的

例 もっと　厚^{あつ}い　辞書^{じしょ}が　ほしいです。
想要更厚的辭典。

この本^{ほん}は　あまり　厚^{あつ}く　ありません。
這本書不太厚。

反 薄^{うす}い　薄的

□ 薄^{うす}い

薄的、淺的、淡的

例 ノートは　薄^{うす}いです。
筆記本很薄。

その雑誌^{ざっし}は　薄^{うす}く　ありません。
那本雜誌不薄。

反 厚^{あつ}い　厚的、深厚的

□ 暑^{あつ}い

熱的、炎熱的

例 今日^{きょう}は　かなり　暑^{あつ}いです。
今天相當炎熱。

昨日^{きのう}は　それほど　暑^{あつ}く　ありませんでした。
昨天沒有那麼熱。

反 寒^{さむ}い　冷的、寒冷的

□ 寒^{さむ}い

冷的、寒冷的、
簡陋的

例 北海道^{ほっかいどう}は　寒^{さむ}いです。
北海道很寒冷。

昨日^{きのう}は　すごく　寒^{さむ}かったです。
昨天非常寒冷。

反 暑^{あつ}い　熱的、炎熱的

□ **暖かい** <small>あたた</small>

暖和的、溫暖的

例 春は 暖かいから、好きです。<small>はる あたた す</small>
因為春天很暖和，所以喜歡。

暖かい 国に 住みたいです。<small>あたた くに す</small>
想住在溫暖的國度。

反 涼しい <small>すず</small> 涼快的、涼爽的

□ **涼しい** <small>すず</small>

涼快的、涼爽的

例 涼しい 所で 休みましょう。<small>すず ところ やす</small>
在涼爽的地方休息吧！

この季節は 涼しく ありません。<small>きせつ すず</small>
這個季節不涼爽。

反 暖かい <small>あたた</small> 暖和的、溫暖的

□ **熱い** <small>あつ</small>

熱的、火熱的

例 お風呂の 湯は 熱いです。<small>ふろ ゆ あつ</small>
浴缸的水很熱。

熱い コーヒーが 飲みたいです。<small>あつ の</small>
想喝熱的咖啡。

反 冷たい <small>つめ</small> 涼的、冰冷的、冷淡的

□ **冷たい** <small>つめ</small>

涼的、冰冷的、冷淡的

例 彼は 最近、わたしに 冷たいです。<small>かれ さいきん つめ</small>
他最近，對我很冷淡。

冷たい 水を ください。<small>つめ みず</small>
請給我冰水。

反 熱い <small>あつ</small> 熱的、火熱的

□ 温かい
あたた

暖和的、溫暖的、親切的、和睦的

例 このスープは　温かいです。
あたた

這個湯很溫暖。

彼女は　温かい　家庭で　育ちました。
かのじょ　　　あたた　　　　かてい　　　そだ

她在溫暖的家庭下成長了。

□ 温い
ぬる

微溫的、半涼不熱的

例 温い　紅茶は　飲みたくないです。
ぬる　こうちゃ　　の

不想喝半涼不熱的紅茶。

スープは　だいぶ　温く　なりました。
ぬる

湯變涼了不少。

□ 明るい
あか

明亮的、明朗的、光明的、光明正大的

例 教室の　中は　とても　明るいです。
きょうしつ　なか　　　　　　あか

教室裡面非常明亮。

彼は　昔から　明るいです。
かれ　むかし　　あか

他從以前就很開朗。

反 暗い　暗的、黑的、陰鬱的
くら

□ 暗い
くら

暗的、黑的、陰鬱的、不可告人的、不鮮豔的

例 この部屋は　暗いです。
へや　　くら

這個房間很暗。

反 明るい　明亮的、明朗的、光明的
あか

あの子は　いつも　暗いです。
こ　　　　　　くら

這個孩子總是很陰鬱。

136

□ **痛い**〔いた〕 　　　　　痛的、疼的、痛心的

例 お腹が 痛いです。
肚子很痛。

さっきまで 頭が 痛かったです。
到剛才，頭都很痛。

□ **甘い**〔あま〕 　　　　　甜的、天真的

例 母は 甘い ものが 好きです。
母親喜歡甜的東西。

このケーキは あまり 甘く ありません。
這個蛋糕不太甜。

延 味〔あじ〕 味道

□ **辛い**〔から〕 　　　　　辣的

例 辛い ものが 苦手です。
不喜歡辣的東西。

カレーライスは 辛かったです。
咖哩飯很辣。

□ **苦い**〔にが〕 　　　　　苦的

例 コーヒーは 苦いから、嫌いです。
因為咖啡很苦，所以討厭。

どんな 食べ物が 苦いですか。
什麼樣的食物是苦的呢？

實力測驗！

問題 1. ＿＿＿＿＿の　ことばは　どう　よみますか。1・2・3・4から
いちばん　いい　ものを　ひとつ　えらんで　ください。

1. （　　） チョコレートは　とても　甘いです。
　　　　①からい　　　　②あまい　　　　③やすい　　　　④うまい

2. （　　） デパートで　黄色い　シャツを　かいました。
　　　　①きいろい　　　②おうどい　　　③きみどい　　　④おかしい

3. （　　） わさびは　辛いですか。
　　　　①からい　　　　②つらい　　　　③しろい　　　　④あおい

問題 2. ＿＿＿＿＿の　ことばは　どう　かきますか。1・2・3・4から
いちばん　いい　ものを　ひとつ　えらんで　ください。

1. （　　） しんごうは　いま、あかいです。
　　　　①青い　　　　　②赤い　　　　　③緑い　　　　　④白い

2. （　　） くらいですから、でんきを　つけましょう。
　　　　①近い　　　　　②古い　　　　　③軽い　　　　　④暗い

3. （　　） ここの　うみの　みずは　あおいです。
　　　　①若い　　　　　②青い　　　　　③黒い　　　　　④広い

問題 3. （　　　　　）に　ふさわしい　ものは　どれですか。1・2・3・4
から　いちばん　いい　ものを　ひとつ　えらんで　ください。

1. そのしょうひんは　もう　（　　　　　）です。
　　①あい　　　　　　②かい　　　　　　③ない　　　　　　④こい

2. もっと　（　　　　）　スープが　のみたいです。
　　①ひくい　　　　　②あつい　　　　　③かたい　　　　　④まるい

3. わたしは　（　　　　）　だいがくに　はいりたいです。
　　①あおい　　　　　②ぬるい　　　　　③ながい　　　　　④いい

問題 4. つぎの　ことばの　つかいかたで　いちばん　いい　ものを　1・
2・3・4から　ひとつ　えらんで　ください。

1. わるい
　　①えいごの　じゅぎょうは　わるいです。
　　②ことしの　たんじょうびは　わるかったです。
　　③きのうは　てんきが　わるかったです。
　　④わるい　たべものは　バナナです。

2. いたい
　　①あなたの　いたい　ひとは　だれですか。
　　②はが　いたいですから、はいしゃへ　いきました。
　　③そのコーヒーは　とても　いたかったです。
　　④ひこうきは　でんしゃより　いたいです。

3. あたたかい
　　①ことしの　ふゆは　あたたかいです。
　　②パーティーは　とても　あたたかったです。
　　③たんじょうびに　なにが　あたたかいですか。
　　④にほんの　ふじさんは　とても　あたたかいです。

☐ **おいしい** | 好吃的、美味的

例 母の　料理は　おいしいです。
母親的料理很好吃。

反 まずい　不好吃的、難吃的

あの店の　カレーは　おいしく　ありません。
那家店的咖哩不好吃。

☐ **まずい** | 不好吃的、難吃的

例 姉の　料理は　まずいです。
姊姊的料理很難吃。

反 おいしい　好吃的、美味的

ここの　パンは　まずくなかったです。
這裡的麵包不難吃。

☐ **大きい** | （面積、體積）大的、（數、量、程度）大的、（年齡）大的、宏偉的

例 うちの　大学は　大きいです。
我們的大學很大。

反 小さい　小的

彼女の　家は　大きく　ありません。
她家不大。

☐ **小さい** | （面積、體積、身高）小的、（數量、程度）小的、（年齡）小的、瑣碎的、細小的

例 鳥は　とても　小さいです。
鳥非常小。

反 大きい　大的

赤ちゃんの　足は　小さかったです。
嬰兒的腳很小。

□ 多い ^{おお}

多的

例 週末は 人が 多いです。
^{しゅうまつ} ^{ひと} ^{おお}
週末人很多。

うちの 学校は 生徒が 多く ありません。
^{がっこう} ^{せいと} ^{おお}
我們學校的學生不多。

反 少ない 少的
^{すく}
延 大勢 許多人
^{おおぜい}

□ 少ない ^{すく}

少的

例 この店は 物が 少ないです。
^{みせ} ^{もの} ^{すく}
這家店的東西很少。

砂糖が 少なかったです。
^{さとう} ^{すく}
糖很少。

反 多い 多的
^{おお}

□ 重い ^{おも}

重的、沉的、重大的、嚴重的

例 重いですから、持てません。
^{おも} ^も
因為很重，拿不動。

荷物が 重くないですか。
^{にもつ} ^{おも}
行李不重嗎？

反 軽い 輕的
^{かる}

□ 軽い ^{かる}

輕的、輕便的、簡便的、輕浮的

例 わたしの 鞄は 軽いです。
^{かばん} ^{かる}
我的包包很輕。

昔の パソコンは 軽く ありませんでした。
^{むかし} ^{かる}
以前的個人電腦不輕。

反 重い 重的
^{おも}

□ 早い
早的、為時尚早的

例 祖母は 起きるのが 早いです。
祖母起得早。

電話したほうが 早いです。
打電話比較快。

反 遅い 晚的

□ 速い
快的、迅速的、急遽的

例 息子は 足が 速いです。
兒子腳步很快。

速度は あまり 速く ありませんでした。
速度不太快。

反 遅い 慢的

□ 遅い
慢的、緩慢的、晚的

例 起きるのが いつも 遅いです。
總是起得很晚。

バスは 遅いですから、電車で 行きます。
因為巴士很慢，所以要搭電車去。

反 早い 早的
速い 快的

□ 強い
強的、有本事的、堅強的、強壯的

例 今日は 風が 強いです。
今天的風勢很強。

あのチームは 強いから、勝てません。
那個隊伍很強，所以贏不了。

反 弱い 弱的

142

□ **弱い**
よわ

弱的、軟弱的、
不結實的、不擅長
的

例 娘は 体が 弱いです。
むすめ　からだ　よわ
女兒身體很弱。

うちの チームは 弱く ありません。
よわ
我們的隊伍不弱。

反 強い 強的
つよ

□ **汚い**
きたな

骯髒的、不乾淨
的、潦草的、下流
的

例 部屋の 中が 汚いです。
へや　なか　きたな
房間裡很骯髒。

トイレは あまり 汚くなかったです。
きたな
廁所不太髒。

反 綺麗 乾淨
れい

□ **危ない**
あぶ

危險的、
令人擔心的

例 バイクは やはり 危ないです。
あぶ
摩托車果然還是很危險。

彼の 運転は 危なく ありません。
かれ　うんてん　あぶ
他的駕駛不危險。

似 危険 危險
きけん
反 安全 安全
あんぜん

□ **長い**
なが

長的、長久的

例 彼は 足が 長いです。
かれ　あし　なが
他的腳很長。

冬休みは 長く ありません。
ふゆやす　なが
寒假不長。

反 短い 短的、短暫的
みじか

□ 短い _{みじか}

短的、短暫的

例 彼女の スカートは 短いです。
女兒的裙子很短。

今日の 授業は 短くなかったです。
今天的課程不短。

反 長い _{なが} 長的、長久的

□ 細い _{ほそ}

細的、狹窄的、微弱的

例 娘は 足が 細いです。
女兒的腳很細。

夫の 目は とても 細いです。
老公的眼睛非常細。

反 太い _{ふと} 粗的

□ 太い _{ふと}

粗的、胖的、肥的

例 象の 足は 太いです。
大象的腿很粗。

牛の 首は 太くなかったです。
牛的脖子不粗。

反 細い _{ほそ} 細的

□ 広い _{ひろ}

遼闊的、寬敞的、廣泛的、淵博的、寬闊的

例 海は とても 広いです。
海洋非常遼闊。

校庭は あまり 広く ありません。
校園不太寬闊。

反 狭い _{せま} 狹窄的

□ **狭**い

狭窄的、不寬闊的、狹隘的

例 この道は　かなり　狭いです。
這條道路相當狹窄。

狭いですから、通ることが　できません。
因為很窄，所以過不去。

反 広い　遼闊的、寬敞的

□ **高**い

高的、貴的

例 あのビルは　とても　高いです。
那幢大廈非常高。

高いですから、買うことが　できません。
因為很貴，所以買不起。

反 低い　矮的、低的
安い　便宜的、低廉的

□ **低**い

矮的、低的

例 弟は　背が　低いです。
弟弟的個子很矮。

息子は　声が　低く　なりました。
兒子的聲音變低沉了。

反 高い　高的

□ **安**い

便宜的、低廉的

例 八百屋の　果物は　安いです。
蔬果店的水果很便宜。

この店の　ステーキは　安く　ありません。
這家店的牛排不便宜。

反 高い　貴的

實力測驗！

問題 1. ＿＿＿＿ の　ことばは　どう　よみますか。1・2・3・4から
　　　　 いちばん　いい　ものを　ひとつ　えらんで　ください。

1. （　　）こねこは　とても　<u>小さい</u>です。
　　　①しょうさい　②こさい　　　③すこさい　　④ちいさい

2. （　　）うちの　にわは　<u>広く</u>　ありません。
　　　①こわく　　　②こうく　　　③ひろく　　　④ひくく

3. （　　）とりの　あしは　かなり　<u>細い</u>です。
　　　①ほそい　　　②よわい　　　③うすい　　　④ほしい

問題 2. ＿＿＿＿ の　ことばは　どう　かきますか。1・2・3・4から
　　　　 いちばん　いい　ものを　ひとつ　えらんで　ください。

1. （　　）せんせいの　いえは　とても　<u>おおきかった</u>です。
　　　①広きかった　②小きかった　③大きかった　④高きかった

2. （　　）おっとの　あしは　<u>ながく</u>　ありません。
　　　①細く　　　　②長く　　　　③白く　　　　④短く

3. （　　）つまの　バッグは　ほんとうに　<u>たかい</u>です。
　　　①軽い　　　　②高い　　　　③安い　　　　④低い

問題 3. （　　　　）に　ふさわしい　ものは　どれですか。1・2・3・4
　　　　 から　いちばん　いい　ものを　ひとつ　えらんで　ください。

1. たいふうで　かぜが　（　　　　）です。
　　①からい　　　　②つよい　　　　③わるい　　　　④おもい

2. そくどは　あまり　（　　　　　）　ありませんでした。

①ふるく　　　　　②わかく　　　　　③はやく　　　　　④あおく

3. がっこうの　トイレは　（　　　　　）なかったです。

①やさしく　　　　②きたなく　　　　③おいしく　　　　④かわいく

問題4. つぎの　ことばの　つかいかたで　いちばん　いい　ものを　1・
　　　　2・3・4から　ひとつ　えらんで　ください。

1. やすい

①からだは　もう　やすいですか。

②たまごは　むかしから　やすかったです。

③こうえんの　トイレは　やすく　ありませんでした。

④ははは　りょうりが　とても　やすいです。

2. おおい

①えきは　いつも　ひとが　おおいです。

②こどもは　あまい　のみものが　おおいです。

③うちの　こは　おきるのが　とても　おおいです。

④ことしの　ふゆは　おおかったです。

3. よわい

①きのうは　とても　よわかったです。

②そのもんだいは　ずいぶん　よわいです。

③あたらしい　えいごの　せんせいは　よわいです。

④このチームは　まえより　よわく　なりました。

い形容詞

147

□ **可愛い**（かわい）
可愛的、
小巧玲瓏的

例 赤ちゃんは　可愛いです。
嬰兒很可愛。

彼女は　どんどん　可愛く　なります。
她越變越可愛了。

□ **欲しい**（ほ）
希望得到的、想要
的、需要的

例 誕生日に　何が　欲しいですか。
生日想要什麼呢？

わたしは　カメラが　欲しいです。
我想要相機。

□ **若い**（わか）
年輕的、（草木）
嫩的、（年紀）小
的、朝氣蓬勃的

例 今度の　先生は　若いです。
這次的老師很年輕。

みんな　昔は　若かったです。
大家以前都很年輕。

延 年（とし）年齡
若者（わかもの）年輕人

□ **新しい**（あたら）
新的、新鮮的

例 うちの　学校は　まだ　新しいです。
我們學校還很新。

このシャツは　新しく　ありません。
這件襯衫不新。

反 古い（ふる）舊的、老的、
古的、過時的、
不新鮮的

□ 古_{ふる}い

舊的、老的、古的、過時的、不新鮮的

例 このラジオは　かなり　古_{ふる}いです。
這台收音機相當古老。

古_{ふる}い　スリッパを　捨_すてます。
丟掉舊的拖鞋。

反 新_{あたら}しい　新的、新鮮的

□ 近_{ちか}い

（距離）近的、（時間）近的、（血緣）近的、親近的、近似的

例 わたしの　家_{いえ}は　ここから　近_{ちか}いです。
我家離這裡很近。

会社_{かいしゃ}まで　ぜんぜん　近_{ちか}く　ありません。
到公司一點都不近。

反 遠_{とお}い　遠的、疏遠的
延 距離_{きょり}　距離

□ 遠_{とお}い

（距離）遠的、（時間）久遠的、（血緣）遠的、疏遠的、遲鈍的

例 銀行_{ぎんこう}は　ここから　遠_{とお}いですか。
銀行離這裡很遠嗎？

ここまで　なかなか　遠_{とお}かったです。
到這裡相當遠。

反 近_{ちか}い　近的、親近的

□ 丸_{まる}い

圓的、鼓起的

例 どんな　物_{もの}が　丸_{まる}いですか。
什麼東西是圓的呢？

ボールは　丸_{まる}いです。
球是圓的。

延 四角_{しかく}い　四角形的、四方的

149

□ 硬い

硬的、堅固的、堅強的、有把握的、生硬的、頑固的

例 石は とても 硬いです。
石頭非常堅硬。

わたしは 体が 硬いです。
我的身體很硬。

反 柔らかい 柔軟的、柔和的

□ 柔らかい

柔軟的、柔和的

例 赤ちゃんの 頬は 柔らかいです。
嬰兒的臉頰很柔軟。

彼女の 髪は 柔らかくて、細いです。
她的頭髮又軟又細。

反 硬い 硬的

□ うるさい

吵鬧的、囉嗦的、麻煩的

例 今夜は 外が うるさいです。
今晚外面很吵。

彼の 音楽は うるさいから、嫌いです。
他的音樂很吵，所以討厭。

反 静か 安靜、寂靜
延 賑やか 熱鬧、鬧哄哄

□ 楽しい

快樂的、開心的、高興的（自己參與某事後的持續情感）

例 学校は 楽しいですか。
學校很快樂嗎？

今日は とても 楽しかったです。
今天非常快樂。

反 つまらない 無聊的、沒趣的
延 おもしろい 有趣的、愉快的、

□ 易しい（やさ）　　　容易的、易懂的

例 この問題（もんだい）は　あまり　易（やさ）しく　ありません。
這個問題不太容易。

昨日（きのう）の　テストは　易（やさ）しかったです。
昨天的考試很容易。

反 難（むずか）しい　難理解的、困難的

□ 難しい（むずか）　　　難理解的、困難的、（疾病）難治的、複雜的

例 フランス語（ご）は　発音（はつおん）が　難（むずか）しいです。
法語的發音很難。

片仮名（かたかな）は　難（むずか）しく　ありません。
片假名不難。

反 易（やさ）しい　容易的、易懂的

□ 忙しい（いそが）　　　忙碌的

例 コンビニの　仕事（しごと）は　忙（いそが）しいです。
便利商店的工作很忙碌。

昨日（きのう）は　かなり　忙（いそが）しかったです。
昨天相當忙碌。

反 暇（ひま）　閒暇

□ おもしろい　　　滑稽的、可笑的、有趣的、愉快的、新奇的

例 この小説（しょうせつ）は　おもしろいです。
這本小説很有趣。

阿部先生（あべせんせい）の　授業（じゅぎょう）は　おもしろく　ありません。
阿部老師的上課不有趣。

反 つまらない　無聊的、沒趣的

延 楽（たの）しい　快樂的、開心的、高興的

□ **つまらない**

無聊的、沒趣的、微不足道的、無用的

例 英語の　勉強は　つまらないです。
英語的學習很無聊。

あの映画は　ほんとうに　つまらなかったです。
那部電影真的很無趣。

反 おもしろい　有趣的、新奇的

楽しい　快樂的、開心的、高興的

□ **優しい**

溫柔的、溫和的、親切的、慈祥的

例 彼は　みんなに　優しいです。
他對大家都很溫柔。

妻は　昔、とても　優しかったです。
太太以前非常溫柔。

反 厳しい　嚴格的、嚴厲的、嚴肅的、嚴峻的

□ **怖い**

可怕的、害怕的、恐怖的

例 怖い　映画を　見ませんか。
要不要看恐怖片呢？

わたしは　地震が　怖いです。
我怕地震。

似 恐ろしい　可怕的、驚人的

□ **厳しい**

嚴格的、嚴厲的、嚴肅的、嚴峻的

例 川島先生は　とても　厳しいです。
川島老師非常嚴厲。

おとといの　練習は　厳しかったです。
前天的練習很嚴格。

反 優しい　溫柔的、溫和的、親切的、慈祥的

□ うれしい

高興的、歡喜的
（接受外部刺激的
瞬間情感）

（例）あなたに　会えて、うれしいです。
能和你見面，很高興。

わたしも　うれしかったです。
我也很高興。

□ 悲しい

悲傷的、傷心的、
傷感的、遺憾的

（例）それは　悲しい　物語です。
那是悲傷的故事。

昨日、悲しい　ことが　ありました。
昨天，發生了悲傷的事情。

□ 寂しい

寂寞的、孤單的、
感到不足的、荒涼
的

（例）彼と　会えなくて、寂しいです。
不能和他見面，感到寂寞。

田舎の　生活は　寂しくないですか。
鄉下的生活不寂寞嗎？

□ すばらしい

極優秀的、
了不起的

（例）この研究は　すばらしいです。
這個研究很了不起。

延 素敵 極好、絕妙、
極漂亮

コンサートは　とても　すばらしかったです。
音樂會非常棒。

實力測驗！

問題 1. ＿＿＿＿ の　ことばは　どう　よみますか。1・2・3・4から　いちばん　いい　ものを　ひとつ　えらんで　ください。

1. （　　） かのじょの　かおは　丸いです。
　　①わるい　　　　②まるい　　　　③かるい　　　　④ひどい

2. （　　） きのうの　パーティーは　楽しかったです。
　　①すずしかった　　　　　　②おかしかった
　　③うれしかった　　　　　　④たのしかった

3. （　　） なにか　欲しいものが　ありますか。
　　①やさしい　　②うれしい　　③ほしい　　④おしい

問題 2. ＿＿＿＿ の　ことばは　どう　かきますか。1・2・3・4から　いちばん　いい　ものを　ひとつ　えらんで　ください。

1. （　　） きのうの　テストは　むずかしかったです。
　　①易しかった　　②難しかった　　③簡しかった　　④厳しかった

2. （　　） ぶちょうは　まだ　わかいです。
　　①高い　　　　②若い　　　　③厚い　　　　④多い

3. （　　） マイケルさんの　くには　とても　とおいです。
　　①早い　　　　②遅い　　　　③近い　　　　④遠い

問題 3. （　　　　　） に　ふさわしい　ものは　どれですか。1・2・3・4から　いちばん　いい　ものを　ひとつ　えらんで　ください。

1. にほんごの　じゅぎょうは　（　　　　　）です。
　　①すずしい　　　　②あたたかい　　　　③きたない　　　　④おもしろい

2. こうちょうの　はなしは　いつも　（　　　　）。

　　①いそがしい　　　　②つまらない　　　　③ほしい　　　　　　④かわいい

3. そのおんがくは　　（　　　　）ですから、すきでは　ありません。

　　①うるさい　　　　　②うれしい　　　　　③たのしい　　　　　④おいしい

問題 4. つぎの　ことばの　つかいかたで　いちばん　いい　ものを　1・
**　　　　2・3・4から　ひとつ　えらんで　ください。**

1. いそがしい

　　①ちちは　まいにち　とても　いそがしいです。

　　②いそがしい　みずを　ください。

　　③わたしの　かばんは　とても　いそがしいです。

　　④いそがしい　ふくを　かいました。

2. すばらしい

　　①バイクは　すばらしいですから、のりません。

　　②すばらしい　やさいは　とりにくです。

　　③きょうは　かぜが　すばらしいです。

　　④せんせいの　はなしは　すばらしかったです。

3. ふるい

　　①おっとの　ネクタイは　ふるいですから、すてました。

　　②きょうは　とても　ふるかったです。

　　③ふじさんは　たいへん　ふるいです。

　　④きょねんの　ふゆは　ずいぶん　ふるかったです。

□ 好<ruby>き<rt>す</rt></ruby>

愛好、嗜好、喜好、喜歡、喜愛

例 わたしは 彼<ruby>か<rt></rt></ruby>が 好きです。
我喜歡他。

好きな 果物は 何ですか。
喜歡的水果是什麼呢？

反 嫌い 討厭、嫌惡

□ 大好き

最喜歡、非常喜歡

例 息子は ゲームが 大好きです。
兒子非常喜歡電玩。

大好きな 人が います。
有非常喜歡的人。

反 大嫌い 最討厭、非常討厭

□ 嫌い

討厭、嫌惡（針對某對象的個人好惡）

例 娘は 野菜が 嫌いです。
女兒討厭蔬菜。

嫌いな 食べ物は 何ですか。
討厭的食物是什麼呢？

反 好き 喜歡、喜愛

□ 嫌

討厭、厭惡、不喜歡、不願意（針對某對象或行動，在心情上的拒絕）

例 勉強は 嫌では ありません。
不討厭讀書。

嫌な 予感が します。
有不祥的預感。

反 いい 好的、可以的
良い 好的、適宜的

□ **上手** _{じょうず}

（手藝、技術）
好、高明、擅長

例 姉は テニスが 上手です。
_{あね} _{じょうず}
姊姊很會打網球。

反 下手 （手藝、技術）
_{へた} 笨拙、拙劣、不
擅長

わたしは 料理が 上手では ありません。
_{りょう り} _{じょう ず}
我不擅長做菜。

□ **下手** _{へた}

（手藝、技術）笨
拙、拙劣、不擅長

例 弟は 野球が とても 下手です。
_{おとうと} _{や きゅう} _{へた}
弟弟非常不擅長打棒球。

反 上手 （手藝、技術）
_{じょうず} 好、高明、擅長

子供の 頃は 字が 下手でした。
_{こ ども} _{ころ} _じ _{へた}
孩提時候字寫得不好。

□ **大変** _{たいへん}

很、非常、驚人、
不容易、費力

例 仕事は どれも 大変です。
_{し ごと} _{たいへん}
工作不管哪一種都很辛苦。

練習は 大変では ありませんでした。
_{れんしゅう} _{たいへん}
練習不辛苦。

□ **本当** _{ほんとう}

真正、真實、本來

例 さっきの 話は 本当ですか。
_{はなし} _{ほんとう}
剛剛說的事情是真的嗎？

反 嘘 謊言、假話
_{うそ}

そのニュースは 本当では ありませんでした。
_{ほんとう}
那個消息不是真的。

□ 便利 <ruby>便<rt>べん</rt></ruby><ruby>利<rt>り</rt></ruby>

便利、方便

例 スマホは とても <ruby>便<rt>べん</rt></ruby><ruby>利<rt>り</rt></ruby>です。
智慧型手機非常方便。

この<ruby>機<rt>き</rt></ruby><ruby>械<rt>かい</rt></ruby>は あまり <ruby>便<rt>べん</rt></ruby><ruby>利<rt>り</rt></ruby>では ありません。
這個機器不太便利。

反 <ruby>不<rt>ふ</rt></ruby><ruby>便<rt>べん</rt></ruby> 不便、不方便

□ 不便 <ruby>不<rt>ふ</rt></ruby><ruby>便<rt>べん</rt></ruby>

不便、不方便

例 <ruby>田舎<rt>いなか</rt></ruby>の <ruby>生<rt>せい</rt></ruby><ruby>活<rt>かつ</rt></ruby>は ちょっと <ruby>不<rt>ふ</rt></ruby><ruby>便<rt>べん</rt></ruby>です。
鄉下的生活有點不方便。

<ruby>何<rt>なに</rt></ruby>か <ruby>不<rt>ふ</rt></ruby><ruby>便<rt>べん</rt></ruby>な ことは ありますか。
有什麼不方便的事情嗎？

反 <ruby>便<rt>べん</rt></ruby><ruby>利<rt>り</rt></ruby> 便利、方便

□ 綺麗 <ruby>綺<rt>き</rt></ruby><ruby>麗<rt>れい</rt></ruby>

美麗、乾淨

例 <ruby>先<rt>せん</rt></ruby><ruby>生<rt>せい</rt></ruby>の <ruby>奥<rt>おく</rt></ruby>さんは とても <ruby>綺<rt>き</rt></ruby><ruby>麗<rt>れい</rt></ruby>です。
老師的太太非常漂亮。

この<ruby>海<rt>うみ</rt></ruby>の <ruby>水<rt>みず</rt></ruby>は <ruby>綺<rt>き</rt></ruby><ruby>麗<rt>れい</rt></ruby>では ありません。
這個海水不乾淨。

反 <ruby>汚<rt>きたな</rt></ruby>い 骯髒的、
不乾淨的

□ 有名 <ruby>有<rt>ゆう</rt></ruby><ruby>名<rt>めい</rt></ruby>

有名、著名

例 <ruby>彼<rt>かれ</rt></ruby>は <ruby>世<rt>せ</rt></ruby><ruby>界中<rt>かいじゅう</rt></ruby>で <ruby>有<rt>ゆう</rt></ruby><ruby>名<rt>めい</rt></ruby>です。
他舉世聞名。

あの<ruby>画<rt>が</rt></ruby><ruby>家<rt>か</rt></ruby>は <ruby>有<rt>ゆう</rt></ruby><ruby>名<rt>めい</rt></ruby>では ありません。
那個畫家不有名。

□ **元気**
<ruby>元<rt>げん</rt></ruby><ruby>気<rt>き</rt></ruby>

精力足、健康

例 <ruby>祖父<rt>そ ふ</rt></ruby>は　もう　<ruby>元気<rt>げん き</rt></ruby>に　なりました。
祖父已經恢復健康了。

<ruby>元気<rt>げん き</rt></ruby>な　<ruby>女<rt>おんな</rt></ruby>の<ruby>子<rt>こ</rt></ruby>が　<ruby>生<rt>う</rt></ruby>まれました。
健康的女寶寶誕生了。

□ **丈夫**
<ruby>丈<rt>じょう</rt></ruby><ruby>夫<rt>ぶ</rt></ruby>

健壯、堅固、結實

例 わたしの　<ruby>歯<rt>は</rt></ruby>は　<ruby>丈夫<rt>じょう ぶ</rt></ruby>です。
我的牙齒很堅固。

もっと　<ruby>丈夫<rt>じょう ぶ</rt></ruby>な　<ruby>箱<rt>はこ</rt></ruby>に　<ruby>入<rt>い</rt></ruby>れて　ください。
請放進更堅固的盒子裡。

□ **静か**
<ruby>静<rt>しず</rt></ruby>か

安靜、寂靜、平穩

例 この<ruby>村<rt>むら</rt></ruby>は　とても　<ruby>静<rt>しず</rt></ruby>かです。
這個村莊非常安靜。

<ruby>授業中<rt>じゅぎょうちゅう</rt></ruby>は　<ruby>静<rt>しず</rt></ruby>かに　しなさい。
上課中安靜！

反 うるさい　吵鬧的
<ruby>賑<rt>にぎ</rt></ruby>やか　熱鬧、鬧哄哄

□ **賑やか**
<ruby>賑<rt>にぎ</rt></ruby>やか

熱鬧、鬧哄哄

例 <ruby>市場<rt>し じょう</rt></ruby>は　とても　<ruby>賑<rt>にぎ</rt></ruby>やかです。
市場非常熱鬧。

<ruby>昨日<rt>きのう</rt></ruby>の　パーティーは　<ruby>賑<rt>にぎ</rt></ruby>やかでした。
昨天的宴會很熱鬧。

似 うるさい　吵鬧的
反 <ruby>静<rt>しず</rt></ruby>か　安靜、寂靜

□ 大切（たいせつ）

（主觀心情上的）重要、寶貴、愛惜、珍惜

例 家族（かぞく）が いちばん 大切（たいせつ）です。
家人最重要。

これから 大切（たいせつ）な 会議（かいぎ）が あります。
接下來有重要的會議。

似 大事（だいじ）重要

□ 大事（だいじ）

（客觀判斷下的）重要、保重、愛護

例 親（おや）を もっと 大事（だいじ）に しなさい。
要更愛護父母！

大事（だいじ）な 財布（さいふ）を 無（な）くしました。
重要的錢包不見了。

似 大切（たいせつ）重要

□ 立派（りっぱ）

漂亮、華麗、（儀表）堂堂、（態度）高尚、優秀、卓越、出色、充分

例 彼女（かのじょ）は とても 立派（りっぱ）です。
她非常優秀。

立派（りっぱ）な 家（いえ）を 建（た）てたいです。
想建造豪華的家。

□ 暇（ひま）

閒暇

例 今（いま）、暇（ひま）ですか。
現在，有空嗎？

暇（ひま）な 時（とき）、何（なに）を しますか。
閒暇的時候，都做什麼呢？

反 忙（いそが）しい 忙碌的

□ **同じ**
　おな

同樣、一樣

例 あの人と　同じ　靴を　ください。
　　ひと　　おな　　くつ
請給我和那個人一樣的鞋子。

わたしの　意見も　同じです。
　　　　　いけん　　おな
我的意見也一樣。

□ **いろいろ**

各式各樣

例 庭に　いろいろな　花が　咲いて　います。
　にわ　　　　　　　はな　　さ
庭園裡各式各樣的花盛開著。

似 さまざま　各式各樣

性格は　みんな　いろいろです。
せいかく
個性是每個人各式各樣（都不一樣）。

□ **大丈夫**
　だいじょうぶ

不要緊、沒問題

例 体は　もう　大丈夫ですか。
　からだ　　　だいじょうぶ
身體已經不要緊了嗎？

大丈夫ですから、心配しないで　ください。
だいじょうぶ　　　　　しんぱい
沒問題的，所以請別擔心。

□ **けっこう**

很好、好、可以了、行了、夠了、不用了

例 もう　けっこうです。
已經夠了。

この部屋は　けっこうな　眺めです。
　　へや　　　　　　　　なが
這個房間有很好的視野。

161

實力測驗！

問題 1. _____ の ことばは どう よみますか。1・2・3・4から いちばん いい ものを ひとつ えらんで ください。

1. （　　） たいわんの　夜市は　<u>賑</u>やかです。
　　　　①うろやか　　　②かろやか　　　③にぎやか　　　④おだやか

2. （　　） パソコンは　たいへん　<u>便利</u>です。
　　　　①べんり　　　②かんり　　　③びんり　　　④たより

3. （　　） かれは　にほんで　いちばん　<u>有名</u>な　さっかです。
　　　　①ゆうめい　　　②ありめい　　　③ゆうな　　　④ありな

問題 2. _____ の ことばは どう かきますか。1・2・3・4から いちばん いい ものを ひとつ えらんで ください。

1. （　　） ちちは　からだが　とても　<u>じょうぶ</u>です。
　　　　①健康　　　②丈夫　　　③元気　　　④豊富

2. （　　） かれは　<u>たいせつな</u>　かいぎに　おくれました。
　　　　①大事　　　②大切　　　③重要　　　④大変

3. （　　） あの人は　とても　<u>りっぱな</u>　おまわりさんです。
　　　　①有名　　　②豪快　　　③立派　　　④優秀

問題 3. （　　　　） に ふさわしい ものは どれですか。1・2・3・4 から いちばん いい ものを ひとつ えらんで ください。

1. そのはなしは　（　　　　）ですか。
　　　①つめたい　　　②にぎやか　　　③けいかん　　　④ほんとう

2. おっとに　（　　　　）な　セーターを　もらいました。
　　①あまい　　　　　②きれい　　　　　③にぎやか　　　　　④じょうず

3. いつも　（　　　　）な　とき、なにを　しますか。
　　①から　　　　　　②ひま　　　　　　③たび　　　　　　　④へた

問題 4. つぎの　ことばの　つかいかたで　いちばん　いい　ものを　1・
　　　　2・3・4から　ひとつ　えらんで　ください。

1. おなじ
　　①おなじな　たべものは　なんですか。
　　②わたしと　かれは　おなじ　だいがくを　そつぎょうしました。
　　③そとから　おなじな　おとが　します。
　　④おなじな　ときは　でんわして　ください。

2. すき
　　①いちばん　すきな　スポーツは　なんですか。
　　②きのうの　パーティーは　うるさくて、すきでした。
　　③アジアの　ひとの　かみは　すきで、からいです。
　　④きのうは　おとといより　すきでは　ありませんでした。

3. たいへん
　　①やさいは　あまり　たいへんでは　ありません。
　　②わたしは　うたが　とても　たいへんです。
　　③たいわんの　くだものは　たいへんで、じょうぶです。
　　④コンビニの　しごとは　たいへんです。

□ 言います

說、稱

例 会議で 自分の 意見を 言います。
在會議中説自己的意見。

お巡りさんに お礼を 言いました。
跟警察先生道謝了。

似 話します 説、談、告訴

延 話 談話、話題、商談、傳聞

□ 話します

說、談、告訴、商量

例 祖母は よく 昔の ことを 話します。
祖母經常説以前的事情。

両親と 将来に ついて 話しました。
和雙親就將來做了商量。

似 言います 説、稱

延 物語 故事

□ 書きます

寫、書寫、寫作、畫

例 夫は 小説を 書いて います。
丈夫正在寫小説。

片仮名を 書くことが できますか。
會寫片假名嗎？

延 鉛筆 鉛筆

　 ペン 筆

□ 見ます

看、觀察

例 明日、友だちと 映画を 見ます。
明天，要和朋友看電影。

昨日、家族 みんなで 星を 見ました。
昨天，和家人一起看星星了。

延 見せます 給（某人）看～、顯示、展現

□ **見せます** _み

給（某人）看〜、顯示、展現

例 あなたの 絵を 見せて ください。
請讓我看你的畫。

延 見ます 看

テストの 結果を 見せませんでした。
沒有讓（別人）看考試的結果。

□ **読みます** _よ

讀、唸、閱讀、揣度

例 毎晩、子供に 絵本を 読みます。
每天晚上，為小孩讀繪本。

延 読書 讀書、閱讀
小説 小説

次の ページを 読んで ください。
請唸下一頁。

□ **聞きます** _き

聽、聽從、問、打聽

例 先生に 答えを 聞きます。
向老師問解答。

似 尋ねます 問、打聽、尋求

知らない 人に 道を 聞きました。
向不認識的人問路了。

□ **買います** _か

買、招致

例 スーパーで 何を 買いますか。
要在超級市場買什麼呢？

延 買物 買東西
お金 錢

コンビニで 飲み物を 買いました。
在便利商店買了飲料。

□ 売ります

賣、出賣

例 そのシャツは どこで 売って いますか。
那件襯衫哪裡在賣呢？

いらない物を 売ったことが あります。
曾經賣過不要的東西。

延 **商店** 商店

□ 使います

用、使用

例 辞書は 分からない時、使います。
辭典是不知道的時候使用。

ジョンさんは 箸を 使うことが できます。
約翰（John）先生會使用筷子。

延 **使用** 使用
道具 器具、工具

□ 作ります

做、作、製造、
打扮、培育、制定

例 朝ご飯は いつも 妻が 作ります。
早餐總是妻子做。

このケーキは 誰が 作りましたか。
這個蛋糕是誰做的呢？

□ 食べます

吃

例 お昼に ラーメンを 食べましょう。
中午吃拉麵吧！

納豆を 食べたことが ありますか。
曾經吃過納豆嗎？

延 **食べ物** 食物

□ 飲みます

喝

例 何か 飲みますか。
要喝點什麼嗎？

シャワーを 浴びた後、ビールを 飲みました。
淋浴後，喝了啤酒。

延 飲み物 飲料

□ 吸います

吸、吸入、吸收

例 タバコを 吸わないほうが いいです。
不要抽菸比較好。

山で 新鮮な 空気を 吸いましょう。
在山上呼吸新鮮空氣吧！

□ 働きます

（在某個場所）工作、勞動

例 一生懸命 働いて います。
拚命努力工作著。

そろそろ 働かなければ なりません。
差不多非工作不可了。

延 仕事 工作
　　アルバイト 打工

□ 勤めます

（以單位成員的身分，在單位中）擔任某職務、工作

例 わたしは 銀行に 勤めて います。
我在銀行工作。

どこに 勤めて いますか。
在哪裡工作呢？

似 勤務 工作、任職

動詞

□ 待<ruby>ま</ruby>ちます

等、等待	

例 入口<ruby>いりぐち</ruby>で 同僚<ruby>どうりょう</ruby>を 待<ruby>ま</ruby>ちます。
在入口等同事。

誰<ruby>だれ</ruby>を 待<ruby>ま</ruby>って いますか。
在等誰呢？

延 約束<ruby>やくそく</ruby> 約、約會、約定

□ 持<ruby>も</ruby>ちます

拿、持、攜帶、持有

例 部長<ruby>ぶちょう</ruby>の 鞄<ruby>かばん</ruby>を 持<ruby>も</ruby>ちます。
拿部長的包包。

いっしょに 持<ruby>も</ruby>ちましょう。
一起拿吧！

延 荷物<ruby>にもつ</ruby> 行李、貨物、物品

□ 休<ruby>やす</ruby>みます

休息、停歇、請假、公休

例 風邪<ruby>かぜ</ruby>で 会社<ruby>かいしゃ</ruby>を 休<ruby>やす</ruby>みます。
因為感冒跟公司請假。

彼<ruby>かれ</ruby>は 学校<ruby>がっこう</ruby>を 休<ruby>やす</ruby>んだことが ありません。
他不曾向學校請過假。

延 休憩<ruby>きゅうけい</ruby> 休憩、休息

□ います

（人、生物的）有、在

例 今<ruby>いま</ruby>、どこに いますか。
現在，在哪裡呢？

エレベーターに 人<ruby>ひと</ruby>が 12人<ruby>じゅうにん</ruby> います。
電梯裡面有12個人。

反 いません （人、生物的）沒有、不在

延 存在<ruby>そんざい</ruby> 存在

□ あります

（物品的）有、在

例 カメラの　中_{なか}に　フィルムが　あります。
相機裡面有底片。

テーブルの　上_{うえ}に　何_{なに}が　ありますか。
桌上有什麼呢？

反 ありません
（物品的）沒有、不在

□ 要_いります

要、需要

例 お金_{かね}は　もう　少_{すこ}し　要_いります。
錢還需要一些。

お礼_{れい}は　要_いりません。
不需要道謝（謝禮）。

似 必要_{ひつよう} 必要、需要

□ 座_{すわ}ります

坐、居某種地位

例 椅子_{いす}に　座_{すわ}りましょう。
坐椅子上吧！

ここに　座_{すわ}って　ください。
請坐在這裡。

反 立_たちます 站、立

□ 分_わかります

懂、理解、明白、知道

例 この問題_{もんだい}が　分_わかりますか。
這個題目懂嗎？

ぜんぜん　分_わかりません。
完全不懂。

動詞

實力測驗！

問題1. ＿＿＿＿ の ことばは どう よみますか。1・2・3・4から
いちばん いい ものを ひとつ えらんで ください。

1. （　） すみません、ちょっと 待って ください。
　　　①もって　　　②まって　　　③とって　　　④しって

2. （　） こたえを せんせいに 聞きました。
　　　①かきました　②ときました　③ききました　④おきました

3. （　） えいごで 話して ください。
　　　①わたして　　②なくして　　③かえして　　④はなして

問題2. ＿＿＿＿ の ことばは どう かきますか。1・2・3・4から
いちばん いい ものを ひとつ えらんで ください。

1. （　） ずいぶん てがみを かいて いません。
　　　①貸いて　　　②書いて　　　③届いて　　　④送いて

2. （　） コンビニで ざっしを かいました。
　　　①吸いました　②会いました　③買いました　④使いました

3. （　） そこに すわらないで ください。
　　　①坐らないで　②座らないで　③触らないで　④引らないで

問題3. （　　　） に ふさわしい ものは どれですか。1・2・3・4
から いちばん いい ものを ひとつ えらんで ください。

1. わたしは タバコを （　　　）。
　　①たべません　　②おしません　　③のみません　　④すいません

2. ひとの　わるくちを　（　　　　　）ほうが　いいです。

　　①ふれない　　　　②つれない　　　　③いわない　　　　④あわない

3. あさ　9じから　ずっと　（　　　　　）　います。

　　①なくして　　　　②して　　　　　　③はたらいて　　　④しって

問題4. つぎの　ことばの　つかいかたで　いちばん　いい　ものを　1・2・3・4から　ひとつ　えらんで　ください。

1. よみます

　　①あたまが　いたいですから、かいしゃを　よみました。

　　②さいきんは　ほとんど　しんぶんを　よみません。

　　③みぎの　ボタンを　よんで　ください。

　　④こうえんに　さくらが　たくさん　よんで　います。

2. つくります

　　①せんせいに　てがみを　つくりました。

　　②しけんの　けっかを　母に　つくらなければ　なりません。

　　③あついですから、クーラーを　つくって　ください。

　　④いもうとの　たんじょうびに　ケーキを　つくりましょう。

3. もちます

　　①こくばんの　字を　もって　ください。

　　②ねるまえに、でんきを　もちます。

　　③ペットの　いぬが　びょうきで　もちました。

　　④かさを　もって、でかけましょう。

動詞

□ **行きます**

去、往、行、走、進行、做、經過、逝去

反 **来ます** 來、到來

例 どこへ 行きますか。
要去哪裡呢？

今から スーパーへ 行きます。
現在要去超級市場。

□ **歩きます**

走、步行

例 もっと ゆっくり 歩きましょう。
再走慢一些吧！

そこを 歩かないで ください。
請不要走那邊。

延 **散歩** 散步

□ **走ります**

跑、（船、車）行駛

例 学校の 庭を 走ります。
在學校的庭園奔跑。

いっしょに 走りましょう。
一起跑吧！

延 **ジョギング** 慢跑

マラソン 馬拉松

□ **帰ります**

回去、回來、回家

例 まだ 帰りませんか。
還不回去嗎？

遅いですから、そろそろ 帰ります。
很晚了，所以差不多該回去了。

□ 着きます

到、抵達

例 8時頃、会社に　着きます。
8點前後，會到公司。

延 目的地　目的地

今日は　いつもより　早く　着きました。
今天比平常早到了。

□ 出かけます

出去、出門、
到～去

例 明日は　7時に　出かけます。
明天7點出發。

延 出発　出發
玄関　玄關

週末は　どこにも　出かけませんでした。
週末哪裡都沒有去。

□ 飛びます

飛、飛行、飄落、
傳播、飛揚、跳

例 飛行機が　空を　飛んで　います。
飛機在空中飛著。

今日は　鳥が　飛んで　いません。
今天沒有鳥在飛。

□ 降ります

（雨等）下、降

例 雨が　降って　います。
正下著雨。

台風で　雨が　たくさん　降りました。
因為颱風，下了很多雨。

動詞

173

☐ **住みます** <ruby>住<rt>す</rt></ruby>みます 　　　居住

例 ここに　<ruby>住<rt>す</rt></ruby>みたいです。
想住在這裡。

どこに　<ruby>住<rt>す</rt></ruby>んで　いますか。
住在哪裡呢？

延 <ruby>暮<rt>く</rt></ruby>らします　度日、
　　　　　　　謀生
　　<ruby>泊<rt>と</rt></ruby>まります　投宿、
　　　　　　　住下

☐ **<ruby>歌<rt>うた</rt></ruby>います** 　　　唱、歌唱

例 <ruby>妹<rt>いもうと</rt></ruby>と　<ruby>歌<rt>うた</rt></ruby>を　<ruby>歌<rt>うた</rt></ruby>います。
和妹妹（一起）唱歌。

<ruby>英語<rt>えいご</rt></ruby>の　<ruby>歌<rt>うた</rt></ruby>を　<ruby>歌<rt>うた</rt></ruby>うことが　できます。
會唱英文歌。

延 <ruby>歌手<rt>かしゅ</rt></ruby>　歌手

☐ **<ruby>置<rt>お</rt></ruby>きます** 　　　放置、置之不顧

例 <ruby>荷物<rt>にもつ</rt></ruby>を　<ruby>床<rt>ゆか</rt></ruby>に　<ruby>置<rt>お</rt></ruby>きます。
把行李放在地板上。

<ruby>本<rt>ほん</rt></ruby>を　<ruby>机<rt>つくえ</rt></ruby>の　<ruby>上<rt>うえ</rt></ruby>に　<ruby>置<rt>お</rt></ruby>きました。
把書放在桌上了。

☐ **<ruby>押<rt>お</rt></ruby>します** 　　　推、按、壓

例 <ruby>赤<rt>あか</rt></ruby>い　ボタンを　<ruby>押<rt>お</rt></ruby>します。
按紅色的按鈕。

そこを　<ruby>押<rt>お</rt></ruby>さないで　ください。
請不要按那裡。

□ **引きます** 〔ひ〕

吸入、引用、查（辭典等）、減、扣除、畫（線）、安裝、塗上、提拔、繼承、吸引、撤去、退出、拉曳

例 風邪を 引きました。〔かぜ〕〔ひ〕
感冒了。

あまり 辞書を 引きません。〔じしょ〕〔ひ〕
不太查字典。

□ **知ります** 〔し〕

知道、曉得、覺察（獲得的知識、情報、經驗）

例 それは ニュースで 知りました。〔し〕
那是從新聞得知的。

彼の 住所を 知って いますか。〔かれ〕〔じゅうしょ〕〔し〕
知道他的地址嗎？

延 分かります 懂、理解、明白〔わ〕

□ **習います** 〔なら〕

學、學習

例 外国人に 英語を 習います。〔がいこくじん〕〔えいご〕〔なら〕
向外國人學習英語。

誰に 料理を 習いましたか。〔だれ〕〔りょうり〕〔なら〕
跟誰學做菜的呢？

似 学びます 學、學習〔まな〕

□ **出します** 〔だ〕

拿出、提出、寄出、發表、出版、產生、展出、出（車或船）

例 友だちに 手紙を 出します。〔とも〕〔てがみ〕〔だ〕
寄信給朋友。

本棚から 絵本を 出しました。〔ほんだな〕〔えほん〕〔だ〕
從書櫃中取出了繪本。

動詞

□ 乗ります <small>の</small>

搭乗、坐、騎、傳導、登上、乗勢

例 バスに 乗らないで、歩きましょう。<small>の ある</small>

不要搭乗巴士，走路吧！

いつも 8時の 電車に 乗ります。<small>はち じ でんしゃ の</small>

總是搭乗8點的電車。

反 降ります（從高處或<small>お</small>
交通工具）
下、下來

延 車 車、汽車<small>くるま</small>

□ 降ります <small>お</small>

（從高處）下來、（從交通工具）下來、降下（霜或露）、發下來

例 次の 駅で 降ります。<small>つぎ えき お</small>

在下一站下（車）。

電車を 降りてから、バスに 乗ります。<small>でんしゃ お の</small>

下電車之後，搭乗巴士。

反 乗ります 搭乗、坐、<small>の</small>
騎

□ 入ります <small>はい</small>

進、入、進入、容納、包含在内

例 そろそろ 中に 入りましょう。<small>なか はい</small>

差不多該進去了吧！

彼は さっき コンビニに 入りました。<small>かれ はい</small>

他剛剛進了便利商店。

反 出ます 出去、出來、<small>で</small>
離開

延 入口 入口<small>いりぐち</small>

□ 出ます <small>で</small>

出去、出來、離開、出發、（車或船）開走、畢業

例 何時に 家を 出ますか。<small>なん じ いえ で</small>

幾點離開家呢？

さっき 出たばかりです。<small>で</small>

剛剛才出去。

反 入ります 進、入、<small>はい</small>
進入

延 出口 出口<small>でぐち</small>

□ <ruby>曲<rt>ま</rt></ruby>がります

彎、彎曲、轉彎、
拐彎

例 その<ruby>角<rt>かど</rt></ruby>を　<ruby>曲<rt>ま</rt></ruby>がります。
在那個轉角轉彎。

<ruby>信号<rt>しんごう</rt></ruby>を　<ruby>左<rt>ひだり</rt></ruby>に　<ruby>曲<rt>ま</rt></ruby>がって　ください。
請在號誌那邊左轉。

□ <ruby>渡<rt>わた</rt></ruby>ります

渡、過、經過

例 <ruby>橋<rt>はし</rt></ruby>を　<ruby>渡<rt>わた</rt></ruby>ります。
過橋。

<ruby>横断歩道<rt>おうだんほどう</rt></ruby>を　<ruby>渡<rt>わた</rt></ruby>って　ください。
請過斑馬線。

□ <ruby>立<rt>た</rt></ruby>ちます

立、站、離（席）、
（刺）卡住、（煙）
冒出

例 <ruby>変<rt>へん</rt></ruby>な　<ruby>看板<rt>かんばん</rt></ruby>が　<ruby>立<rt>た</rt></ruby>って　います。
立著奇怪的看板。

反 <ruby>座<rt>すわ</rt></ruby>ります　坐

<ruby>彼<rt>かれ</rt></ruby>の　<ruby>横<rt>よこ</rt></ruby>に　<ruby>立<rt>た</rt></ruby>たないで　ください。
請不要站在他的旁邊。

□ <ruby>並<rt>なら</rt></ruby>べます

排列、列舉、
陳列、比較

例 テーブルに　お<ruby>皿<rt>さら</rt></ruby>を　<ruby>並<rt>なら</rt></ruby>べます。
把盤子排在桌上。

<ruby>作品<rt>さくひん</rt></ruby>を　<ruby>並<rt>なら</rt></ruby>べて　ください。
請陳列作品。

實力測驗！

問題 1. _____ の ことばは どう よみますか。1・2・3・4から
いちばん いい ものを ひとつ えらんで ください。

1. （　　） そのニュースは きのう ラジオで 知りました。
　　　①おりました　　②たりました　　③かりました　　④しりました

2. （　　） つくえの うえに 置いて ください。
　　　①おいて　　　　②かいて　　　　③きいて　　　　④たいて

3. （　　） まいあさ、走って います。
　　　①かえって　　　②はしって　　　③わたって　　　④はいって

問題 2. _____ の ことばは どう かきますか。1・2・3・4から
いちばん いい ものを ひとつ えらんで ください。

1. （　　） きょうは たいふうで ひこうきは とびません。
　　　①浴びません　　②飛びません　　③選びません　　④動びません

2. （　　） あのかどを まがって ください。
　　　①進がって　　　②折がって　　　③真がって　　　④曲がって

3. （　　） かれは もう いえに かえりました。
　　　①回りました　　②宅りました　　③帰りました　　④戻りました

問題 3. （　　　　　） に ふさわしい ものは どれですか。1・2・3・4
から いちばん いい ものを ひとつ えらんで ください。

1. さむいですから、いえの なかに （　　　　　）。
　　①わたりましょう　　　　　　　　②わかりましょう
　　③はいりましょう　　　　　　　　④さきましょう

2. きのうから あめが （　　　　） います。

①かって　　　　　②ふって　　　　　③きって　　　　　④しって

3. そふは いなかに （　　　　） います。

①あびて　　　　　②きいて　　　　　③すんで　　　　　④おりて

**問題 4. つぎの ことばの つかいかたで いちばん いい ものを 1・
　　　　2・3・4から ひとつ えらんで ください。**

1. つきます

①あおい シャツを つきます。

②ねるまえに、シャワーを つきます。

③なんじごろ がっこうへ つきますか。

④にわに きれいな はなが ついて います。

2. たちます

①まいばん ろくじに たちます。

②そとに だれか たって います。

③きょうは ズボンを たちましょう。

④そろそろ じゅぎょうが たちます。

3. ならべます

①たなに ほんを ならべて ください。

②いぬが びょうきで ならびました。

③そらが ならんで います。

④きのう、かぜで がっこうを ならべました。

□ <ruby>疲<rt>つか</rt></ruby>れます	累、疲勞

例 マラソンは　とても　<ruby>疲<rt>つか</rt></ruby>れます。 馬拉松非常累。 <ruby>練習<rt>れんしゅう</rt></ruby>は　あまり　<ruby>疲<rt>つか</rt></ruby>れませんでした。 練習不太累。	延 <ruby>運動<rt>うんどう</rt></ruby> 運動 　<ruby>汗<rt>あせ</rt></ruby> 汗

□ <ruby>洗<rt>あら</rt></ruby>います	洗

例 <ruby>自分<rt>じ ぶん</rt></ruby>の　お<ruby>皿<rt>さら</rt></ruby>を　<ruby>洗<rt>あら</rt></ruby>います。 洗自己的盤子。 <ruby>雨<rt>あめ</rt></ruby>の　<ruby>日<rt>ひ</rt></ruby>は　<ruby>服<rt>ふく</rt></ruby>を　<ruby>洗<rt>あら</rt></ruby>いません。 下雨天不洗衣服。	延 <ruby>洗<rt>せん</rt></ruby>たく　洗衣服

□ <ruby>磨<rt>みが</rt></ruby>きます	刷、擦、磨、磨練

例 <ruby>寝<rt>ね</rt></ruby>る<ruby>前<rt>まえ</rt></ruby>に　<ruby>歯<rt>は</rt></ruby>を　<ruby>磨<rt>みが</rt></ruby>きます。 睡覺前刷牙。 <ruby>父<rt>ちち</rt></ruby>の　<ruby>靴<rt>くつ</rt></ruby>を　<ruby>磨<rt>みが</rt></ruby>きました。 擦父親的鞋子了。	

□ <ruby>差<rt>さ</rt></ruby>します	撐（傘、船）、 照射、指示

例 <ruby>傘<rt>かさ</rt></ruby>を　<ruby>差<rt>さ</rt></ruby>しましょう。 撐傘吧！ <ruby>部屋<rt>へ や</rt></ruby>の　<ruby>中<rt>なか</rt></ruby>に　<ruby>光<rt>ひかり</rt></ruby>が　<ruby>差<rt>さ</rt></ruby>しました。 光線照射到屋裡了。	

□ **取ります**

拿、取、分（菜）、除掉

例 塩を　取って　ください。
請拿鹽。

右の　手で　ペンを　取りました。
用右手拿筆了。

□ **吹きます**

吹、颳

例 風が　吹いて　います。
風在吹。

笛を　吹くことが　できますか。
會吹笛子嗎？

□ **貼ります**

張貼

例 封筒に　切手を　貼ります。
在信封上貼郵票。

壁に　ポスターを　貼らないで　ください。
請勿在牆壁上張貼海報。

□ **遊びます**

玩

例 ときどき　子供と　遊びます。
偶爾和小孩（一起）玩。

延 おもちゃ　玩具
　　ゲーム　電玩

遊ばないで、勉強しましょう。
不要玩，讀書吧！

□ **泳ぎます** ^{およ}

游泳

例 毎朝、プールで 泳ぎます。
每天早上會在游泳池游泳。

似 水泳 游泳

妹は 泳ぐことが できません。
妹妹不會游泳。

□ **登ります** ^{のぼ}

登、爬

例 富士山に 登ったことが あります。
曾經爬過富士山。

似 登山 登山

今度、いっしょに 山に 登りませんか。
下次，要不要一起爬山呢？

□ **掛かります** ^か

掛著、鎖著、架設著、覆蓋在～上、遭受、花費、需要、發生作用

例 壁に 絵が 掛かって います。
牆壁上掛著畫。

学校まで 40分くらい 掛かります。
到學校大約需要40分鐘。

□ **咲きます** ^さ

（花）開

例 庭に いろいろな 花が 咲いて います。
庭園裡開著各式各樣的花。

反 枯れます 枯萎、凋謝

もうすぐ 桜が 咲くでしょう。
再過不久櫻花就要開了吧！

□ 晴れます
は

放晴、（雲霧）散了、（雨）停了、（疑團）消解

例 明日は　きっと　晴れるでしょう。
あした　　　　　　は
明天一定會放晴吧！

今日は　よく　晴れて　います。
きょう　　　　　は
今天陽光普照。

似 晴れ　晴、天晴
は
延 太陽　太陽
たいよう

□ 曇ります
くも

（天氣）陰、模糊、朦朧、發愁

例 今日は　曇って　います。
きょう　　くも
今天是陰天。

午後から　曇るでしょう。
ごご　　　くも
下午開始會是陰天吧！

似 曇り　陰天
くも
延 雲　雲
くも

□ 泣きます
な

哭泣、感到悲傷、受苦

例 もう　泣かないで　ください。
な
請別再哭了。

弟は　叱られて、泣いて　います。
おとうと　しか　　　な
弟弟被罵，正在哭。

延 涙　涙
なみだ

□ 建ちます
た

蓋、建

例 近くに　ビルが　建ちます。
ちか　　　　　　た
附近要興建大樓。

会社の　横に　工場が　建ちました。
かいしゃ　よこ　こうじょう　た
公司的旁邊蓋了工廠。

延 建物　房屋、建築物
たてもの
建築物　建築物
けんちくぶつ

動詞

□ 並びます〔なら〕

排列、並排、相比、兼備

例 人が たくさん 並んで います。〔ひと、なら〕
許多人排著隊。

一列に 並びましょう。〔いちれつ、なら〕
排成一列吧！

延 列〔れつ〕 隊伍、行列
行列〔ぎょうれつ〕 行列、隊伍

□ 忘れます〔わす〕

忘、忘記、忘掉

例 彼は また 約束を 忘れました。〔かれ、やくそく、わす〕
他又忘記約定了。

あなたの ことは もちろん 忘れません。〔わす〕
當然不會忘記你。

延 忘れ物〔わす、もの〕 忘記帶、忘了拿、遺失物

□ 起きます〔お〕

起立、起床、不睡、發生

例 たいてい ７時に 起きます。〔しちじ、お〕
大抵7點起床。

今日は 何時に 起きましたか。〔きょう、なんじ、お〕
今天幾點起床呢？

反 寝ます〔ね〕 睡覺、就寢

□ 寝ます〔ね〕

躺著、睡覺、就寢、臥病

例 そろそろ 寝ましょう。〔ね〕
差不多該睡覺了吧！

昨夜は すぐに 寝ました。〔ゆうべ、ね〕
昨晚立刻睡了。

反 起きます〔お〕 起床
延 ベッド 床

□ **会います** <ruby>会<rt>あ</rt></ruby>

見面、會面、
遇到、碰見

例 <ruby>彼<rt>かれ</rt></ruby>に　とても　<ruby>会<rt>あ</rt></ruby>いたいです。
非常想見他。
<ruby>最近<rt>さいきん</rt></ruby>は　なかなか　<ruby>会<rt>あ</rt></ruby>えません。
最近都碰不到。

□ **呼びます** <ruby>呼<rt>よ</rt></ruby>

呼喚、喊叫、
邀請、博得

例 <ruby>彼<rt>かれ</rt></ruby>を　<ruby>家<rt>いえ</rt></ruby>に　<ruby>呼<rt>よ</rt></ruby>びます。
邀請他到家裡。
<ruby>何回<rt>なんかい</rt></ruby>も　<ruby>呼<rt>よ</rt></ruby>ばないで　ください。
請不要一直叫。

□ **弾きます** <ruby>弾<rt>ひ</rt></ruby>

拉、彈、彈奏

例 ピアノが　<ruby>弾<rt>ひ</rt></ruby>きたいです。
想彈鋼琴。
ギターを　<ruby>弾<rt>ひ</rt></ruby>いたことが　あります。
曾經彈過吉他。

□ **切ります** <ruby>切<rt>き</rt></ruby>

切、割、剪、砍、
伐、切斷

例 <ruby>野菜<rt>やさい</rt></ruby>を　<ruby>切<rt>き</rt></ruby>ります。
切菜。
もう　<ruby>切<rt>き</rt></ruby>らないほうが　いいです。
不要再剪比較好。

延 はさみ 剪刀
　ナイフ 餐刀、刀子

動詞

185

實力測驗！

問題1. ＿＿＿＿＿ の　ことばは　どう　よみますか。1・2・3・4から
　　　　いちばん　いい　ものを　ひとつ　えらんで　ください。

1. （　　）うちから　えきまで　30ぷん　<u>掛かります</u>。
　　　　①わかります　②いかります　③しかります　④かかります

2. （　　）そらが　<u>曇って</u>　います。
　　　　①つくって　　②ひかって　　③しまって　　④くもって

3. （　　）さくらは　いつごろ　<u>咲きますか</u>。
　　　　①さきます　　②あきます　　③すきます　　④いきます

問題2. ＿＿＿＿＿ の　ことばは　どう　かきますか。1・2・3・4から
　　　　いちばん　いい　ものを　ひとつ　えらんで　ください。

1. （　　）きょうは　かぜが　<u>ふいて</u>　いません。
　　　　①引いて　　　②吹いて　　　③置いて　　　④鳴いて

2. （　　）ここに　きってを　<u>はって</u>　ください。
　　　　①切って　　　②貼って　　　③取って　　　④被って

3. （　　）おきてから、すぐに　はを　<u>みがきます</u>。
　　　　①着きます　　②磨きます　　③引きます　　④履きます

問題3. （　　　　　）に　ふさわしい　ものは　どれですか。1・2・3・4
　　　　から　いちばん　いい　ものを　ひとつ　えらんで　ください。

1. ごご、ともだちと　（　　　　　）。
　　①なります　　　②あいます　　　③こまります　　④おします

2. あめですから、かさを　（　　　　　）ましょう。

　①さき　　　　　　②さし　　　　　　③はき　　　　　　④つけ

3. てんきが　わるいですから、うみで　（　　　　　）ないほうが　いいです。

　①ならば　　　　　②わから　　　　　③およが　　　　　④すわら

問題4. つぎの　ことばの　つかいかたで　いちばん　いい　ものを　1・2・3・4から　ひとつ　えらんで　ください。

1. ひきます

　①かおを　ひかないほうが　いいです。

　②がいこくじんと　えいごで　ひくことが　できます。

　③ここで　タバコを　ひかないで　ください。

　④ピアノを　ひくことが　できますか。

2. たちます

　①げんかんで　くつを　たちます。

　②いえの　まえに　ビルが　たちます。

　③かぜで　かいしゃを　たちました。

　④どこかで　きっぷを　たちましょう。

3. よびます

　①ここで　うたを　よばないで　ください。

　②おかあさんを　よんで　ください。

　③つかれたから、いすに　よびましょう。

　④じしょで　いみを　よびます。

□ つけます

開（電器）、點（火）、塗
抹、沾、（車或船）靠到、安
裝、養成、附加、尾隨、注意

例 電気を　つけます。
でんき
開燈。

反 消します　弄滅（火）、
け　　　　關閉（電器）

ラジオを　つけないで　ください。
請不要開收音機。

□ 消します
け

弄滅（火）、關閉
（電器）、擦掉、
消除

例 電気を　消します。
でんき　　け
關燈。

反 つけます
開（電器）、
點（火）

壁の　汚れを　消しましょう。
かべ　よご　　　け
把牆壁的髒汙擦掉吧！

□ 消えます
き

消失、（雪）融
化、（燈火）熄滅

例 彼は　突然、消えました。
かれ　　とつぜん　き
他突然消失了。

汚れが　ぜんぜん　消えません。
よご　　　　　　　　き
髒汙完全除不掉。

□ 頼みます
たの

拜託、請求、
（花錢）請

例 秘書に　飲み物を　頼みます。
ひしょ　　の　もの　　たの
拜託祕書買飲料。

似 お願い　願望、請求
ねが

人に　頼まないほうが　いいです。
ひと　たの
不要拜託別人比較好。

□ 困ります

困擾、為難、傷腦筋

例 母は 妹に 困って います。
母親為妹妹而傷腦筋。

延 悩み 煩惱、苦惱

何か 困って いることが ありますか。
有什麼困擾的事情嗎?

□ 始まります

開始

例 そろそろ 授業が 始まります。
差不多該開始上課了。

反 終わります
完、終了、結束

会議は なかなか 始まりません。
會議一直不開始。

□ 終わります

完、終了、結束

例 試合は もう 終わりました。
比賽已經結束了。

反 始まります 開始

宿題は まだ 終わって いません。
作業還沒寫完。

□ 止まります

停住、停止、止住、固定住

例 目の 前で 車が 止まりました。
車子在眼前停住了。

バスは ここに 止まりません。
巴士不停這裡。

□ **なります** 　　　　　　　　　成為、變成

例　やっと　大学生に　なりました。
だいがくせい
終於成為大學生了。

３月から　小学生に　なります。
さんがつ　　しょうがくせい
3月開始成為小學生。（3月開始讀小學。）

□ **浴びます**
あ
淋、澆、曬、照

例　シャワーを　浴びましょう。
あ
淋浴吧！

お祭りで　水を　浴びました。
まつ　　　みず　　あ
在祭典淋水了。

□ **入れます**
い
放進、裝入、加進、容納、繳納、包括

例　砂糖と　醤油を　入れます。
さとう　　しょうゆ　　い
放入糖和醬油。

チームに　新しい　人を　入れます。
あたら　　ひと　　い
團隊會加入新人。

□ **答えます**
こた
回答

例　質問に　答えます。
しつもん　　こた
回答提問。

延　答え　回答、答覆
こた

答えることが　できませんでした。
こた
無法回答。

190

□ 借^かります

（跟某人）借入（某物）、租、借助

例 友^{とも}だちに 辞書^{じしょ}を 借^かります。
跟朋友借字典。

人^{ひと}から 借^かりないほうが いいです。
不要跟別人借比較好。

反 貸^かします 借出

□ 貸^かします

借（某物）給（某人）、借出、出租

例 妹^{いもうと}に 服^{ふく}を 貸^かします。
借衣服給妹妹。

おばさんに 自転車^{じてんしゃ}を 貸^かしました。
借腳踏車給阿姨了。

反 借^かります 借入

□ 返^{かえ}します

還、歸還

例 富田^{とみた}さんに 漫画^{まんが}を 返^{かえ}します。
把漫畫還給富田同學。

わたしの ノートを 返^{かえ}して ください。
請歸還我的筆記本。

□ 渡^{わた}します

交、遞、給、讓與、授予

例 彼^{かれ}に メモを 渡^{わた}しました。
把筆記遞給他了。

隣^{となり}の 人^{ひと}に これを 渡^{わた}して ください。
請把這個交給隔壁的人。

□ 撮（と）ります

攝（影）、
照（相）

例 みんなで 写真（しゃしん）を 撮（と）りましょう。
大家一起照相吧！

あそこで 映画（えいが）を 撮（と）って います。
那邊正在拍電影。

延 カメラ 相機
　ビデオ 影片、錄影、
　　　　影音檔

□ 開（あ）きます

開、開業

例 ドアが 開（あ）きました。
門開了。

店（みせ）は まだ 開（あ）きません。
店還沒開。

反 閉（し）まります 關、關閉

□ 閉（し）まります

關、關閉

例 店（みせ）は 8時（はちじ）に 閉（し）まります。
店是8點打烊。

銀行（ぎんこう）は もう 閉（し）まりました。
銀行已經關了。

反 開（あ）きます 開、開業

□ 開（あ）けます

開、打開、空出、
騰出

例 窓（まど）を 開（あ）けましょう。
開窗吧！

ドアを 開（あ）けないで ください。
請不要開門。

反 閉（し）めます 關、關閉

□ **閉めます**　　　　　　　關、關閉

例 そろそろ　店を　閉めます。
差不多該關店了。

窓を　閉めたほうが　いいです。
關窗比較好。

反 開けます　開、打開

□ **違います**　　　　　　　不同、不一致、
　　　　　　　　　　　　　錯誤

例 それは　ぜんぜん　違います。
那個完全不對／不一樣。

2人の　意見は　ぜんぜん　違います。
2個人的意見完全不同。

動詞

□ **生まれます**　　　　　　生、出生、誕生、
　　　　　　　　　　　　　產生

例 妹に　女の子が　生まれました。
我妹妹生女兒了。

赤ちゃんは　なかなか　生まれません。
一直生不出小孩。

反 死にます　死

□ **死にます**　　　　　　　死

例 犬は　肺の　病気で　死にました。
狗因為肺部的疾病死掉了。

ペットが　死んで、悲しいです。
寵物死了，很難過。

反 生まれます
　　生、出生、誕生

193

實力測驗！

問題 1. ＿＿＿＿ の ことばは どう よみますか。1・2・3・4から いちばん いい ものを ひとつ えらんで ください。

1. （　　）にわに とりが 死んで いました。
　　　①かんで　　　②しんで　　　③とんで　　　④うんで

2. （　　）いみが ぜんぜん 違います。
　　　①ちがいます　②かいます　③はらいます　④すいます

3. （　　）くるまが こわれて、困って います。
　　　①かわって　　②こまって　　③つかって　　④しまって

問題 2. ＿＿＿＿ の ことばは どう かきますか。1・2・3・4から いちばん いい ものを ひとつ えらんで ください。

1. （　　）かのじょに プレゼントを わたします。
　　　①渡します　　②貸します　　③返します　　④出します

2. （　　）ともだちに えんぴつを かしました。
　　　①借しました　②貸しました　③返しました　④指しました

3. （　　）あかちゃんは まだ うまれませんか。
　　　①頼まれません　　　　　②住まれません
　　　③生まれません　　　　　④読まれません

問題 3. （　　　　）に ふさわしい ものは どれですか。1・2・3・4 から いちばん いい ものを ひとつ えらんで ください。

1. むすめは やっと おとなに （　　　　）。
　　①すみました　　②かきました　　③はりました　　④なりました

2. そこで　シャワーを　（　　　　）　ほうが　いいです。

①すわない　　　　②あびない　　　　③あわない　　　　④のまない

3. テストは　もう　（　　　）　います。

①やすんで　　　　②はじまって　　　③ならんで　　　　④うたって

問題 4. つぎの　ことばの　つかいかたで　いちばん　いい　ものを　1・2・3・4から　ひとつ　えらんで　ください。

1. たのみます

①あなたは　えいごが　たのみますか。

②こどもの　せわを　おっとに　たのみました。

③そとに　だれか　たのんで　います。

④トイレは　まっすぐ　たのんで、みぎに　あります。

2. おわります

①しごとは　だいたい　なんじごろ　おわりますか。

②しごとの　あと、いっしょに　おさけを　おわりましょう。

③まいあさ　しんぶんを　おわりながら、コーヒーを　のみます。

④けさは　なんじに　いえを　おわりましたか。

3. こたえます

①ここで　タバコを　こたえないで　ください。

②せんせいの　しつもんに　こたえます。

③ははは　いま、かいものに　こたえて　います。

④つぎの　えきで　こたえます。

□ 締めます _し

繋（緊）、
勒（緊）

例 ネクタイを 締めて、出かけます。
打好領帶出門。

靴の 紐を よく 締めましょう。
把鞋帶好好綁緊吧！

□ 教えます _{おし}

教、教授、指點

例 子供に あいさつを 教えます。
教小孩打招呼。

娘に 料理を 教えました。
教女兒做菜了。

延 教育 教育

□ 覚えます _{おぼ}

記住、記憶

例 片仮名を 覚えます。
記住片假名。

わたしの ことを 覚えて いますか。
還記得我嗎？

反 忘れます 忘記、忘掉

□ 掛けます _か

掛上、架上、繫上、
戴上、蓋上、淋上、
花上、乘上、發動

例 両親に 電話を 掛けます。
打電話給父母親。

眼鏡を 掛けないほうが いいです。
不要戴眼鏡比較好。

□ 着ます _き

穿（衣服）

例 厚い セーターを 着ます。
穿厚的毛衣。

はじめて スーツを 着ました。
第一次穿了套裝。

反 脱ぎます 脱
延 履きます 穿（鞋或襪）
　 穿きます 穿（褲子或裙子）

□ 脱ぎます _ぬ

脱

例 ここで 靴下を 脱がないで ください。
請勿在此脫襪子。

服を 脱いで、シャワーを 浴びます。
脫衣服，淋浴。

反 着ます 穿（衣服）
延 履きます 穿（鞋或襪）
　 穿きます 穿（褲子或裙子）

□ 履きます _は

穿（鞋或襪）

例 新しい 靴を 履きました。
穿了新的鞋子。

自分で 靴下を 履きなさい。
自己穿襪子！

反 脱ぎます 脱
延 着ます 穿（衣服）
　 穿きます 穿（褲子或裙子）

□ 穿きます _は

穿（褲子或裙子）

例 ズボンを 穿かないほうが いいです。
不要穿褲子比較好。

スカートを 穿きたいです。
想穿裙子。

反 脱ぎます 脱
延 着ます 穿（衣服）
　 履きます 穿（鞋或襪）

動詞

□ 選びます
えら

挑選、選擇

例 一つだけ　選んで　ください。
ひと　　　　　えら

延 選挙　選舉
せんきょ

請只選擇一個。

どちらか　選ばなければ　なりません。
えら

非選哪一個不可。

□ 指します
さ

指、指示、指向、
指名、朝向

例 ほしい　物を　指して　ください。
もの　さ

延 指　手指、腳趾
ゆび

請指出想要的東西。

彼は　犯人を　指しました。
かれ　はんにん　さ

他指出犯人了。

□ 被ります
かぶ

戴（帽子、面
具）、澆（水）、
蒙、蓋

例 息子は　帽子を　被って　います。
むすこ　ぼうし　かぶ

兒子戴著帽子。

帽子を　被らなくても　いいです。
ぼうし　かぶ

不戴帽子也可以。

□ 無くします
な

喪失、失掉

例 財布を　無くしました。
さいふ　な

錢包掉了。

事故で　記憶を　無くしました。
じこ　きおく　な

因事故喪失記憶了。

□ 鳴^なきます

（鳥、獸、蟲等）
鳴叫、啼叫

例 鳥^{とり}が 鳴^ないて います。
鳥正在叫。

延 吠^ほえます
（狗、野獸）吠、吼

庭^{にわ}で 猫^{ねこ}が 鳴^ないて います。
貓咪在庭院裡叫著。

□ できます

做好、形成、生產、能、會、辦得到

例 テニスが できますか。
會打網球嗎？

延 スポーツ 體育、運動
趣味^{しゅみ} 興趣、愛好

兄^{あに}は ギターも ピアノも できます。
哥哥會吉他也會鋼琴。

□ やります

使～去、派遣、給予、做、吃喝

例 それは わたしが やります。
那個我來做。

延 します 做

花^{はな}に 水^{みず}を やりましょう。
幫花澆水吧！

□ あげます

給予（某人）～

例 彼^{かれ}に お弁当^{べんとう}を あげました。
給他便當了。

母^{はは}に プレゼントを あげたいです。
想送給母親禮物。

□ **いただきます**

（從某人那邊）獲得～；為「もらいます」（得到～）的尊敬用法

例 先生から　字引を　いただきました。
從老師那邊獲得字典了。

先輩から　お土産を　いただきました。
從前輩那邊獲得土産了。

延 もらいます
（從某人那邊）得到～

□ **します**

做

例 今から　宿題を　します。
現在開始要做作業。

自分の　ことは　自分で　しましょう。
自己的事情自己處理吧！

延 やります　做

□ **来ます**

來、到來

例 誰か　来ました。
有誰來了。

お客さんは　何時に　来ますか。
客人幾點來呢？

反 行きます　去、往

□ **洗濯します**

洗濯、洗衣服

例 もう　洗濯しましたか。
已經洗衣服了嗎？

まだ　洗濯して　いません。
還沒有洗衣服。

似 洗います　洗
延 服　衣服
洋服　（西式的）衣服

□ **掃除します**
そうじ

打掃、清除

例 週末、部屋を 掃除します。
しゅうまつ　へや　　　そうじ

週末要打掃房間。

自分で 掃除しなければ なりません。
じぶん　　そうじ

非自己清掃不可。

□ **勉強します**
べんきょう

學習、用功

例 毎日、英語を 勉強します。
まいにち　えいご　　べんきょう

每天學習英語。

もっと 勉強しなければ なりません。
べんきょう

非更用功不可。

似 学びます 學習
まな
習います 練習、學習
なら

□ **結婚します**
けっこん

結婚

例 姉は 来月、結婚します。
あね　らいげつ　けっこん

姊姊下個月要結婚。

彼女と 結婚したいです。
かのじょ　けっこん

想和她結婚。

反 離婚します 離婚
りこん

□ **散歩します**
さんぽ

散步

例 祖父と 近所を 散歩します。
そふ　　きんじょ　さんぽ

和祖父在附近散步。

雨の 日は 散歩しないほうが いいです。
あめ　ひ　　さんぽ

下雨天不要散步比較好。

延 歩きます 走、步行
ある

動詞

201

實力測驗！

問題 1. ＿＿＿＿＿の　ことばは　どう　よみますか。1・2・3・4から
　　　　いちばん　いい　ものを　ひとつ　えらんで　ください。

1. (　　) あたらしい　たんごを　覚えます。
　　　①おしえます　②おぼえます　③きえます　　④こたえます

2. (　　) そとで　むしが　鳴いて　います。
　　　①ふいて　　　②ひいて　　　③かいて　　　④ないて

3. (　　) おっとは　かいがいで　パスポートを　無くしました。
　　　①すくしました　②なくしました　③たくしました　④つくしました

問題 2. ＿＿＿＿＿の　ことばは　どう　かきますか。1・2・3・4から
　　　　いちばん　いい　ものを　ひとつ　えらんで　ください。

1. (　　) むすめに　りょうりを　おしえたいです。
　　　①覚えたい　　②教えたい　　③育えたい　　④学えたい

2. (　　) あたらしい　せんせいは　あおい　シャツを　きて　います。
　　　①着て　　　　②来て　　　　③穿て　　　　④付て

3. (　　) きょうは　スカートを　はきましょう。
　　　①着きましょう　　　　　　②引きましょう
　　　③履きましょう　　　　　　④穿きましょう

問題 3. (　　　　) に　ふさわしい　ものは　どれですか。1・2・3・4
　　　　から　いちばん　いい　ものを　ひとつ　えらんで　ください。

1. むすこは　きいろい　ぼうしを　(　　　　) います。
　　①おわって　　　②しかって　　　③かぶって　　　④わたって

2. じぶんで　ネクタイを　（　　　　）ことが　できますか。

　　①こまる　　　　　②とまる　　　　　③しめる　　　　　④かける

3. むすこは　なかなか　（　　　　）しません。

　　①しゃしん　　　　②かいだん　　　　③けっこん　　　　④ようふく

問題 4. つぎの　ことばの　つかいかたで　いちばん　いい　ものを　1・
**　　　　2・3・4から　ひとつ　えらんで　ください。**

1. かけます

　　①あたまが　いたいですから、がっこうを　かけます。

　　②見えないから、めがねを　かけます。

　　③しごとの　あと、たいてい　おさけを　かけます。

　　④いえに　かえって、シャワーを　かけましょう。

2. ぬぎます

　　①ポケットに　おかねを　ぬぎます。

　　②ここで　くつしたを　ぬがないで　ください。

　　③しょくじの　まえに、テーブルを　ぬぎます。

　　④たいふうで　つよい　かぜが　ぬいで　います。

3. やります

　　①まいあさ　ふくを　やります。

　　②ともだちから　じしょを　やりました。

　　③せんせいに　おみやげを　やります。

　　④ペットに　えさを　やりました。

動詞

□ とても

很、非常

例 今日は　とても　暑いです。
今天非常炎熱。

彼女は　とても　優しいです。
她非常溫柔。

似 たいへん　很、非常

□ よく

好好地、認真地、
仔細地、～得好、
竟敢、經常、非常

例 よく　プールへ　行きます。
經常去游泳池。

うちの　会社は　よく　会議が　あります。
我們公司經常有會議。

□ ときどき

偶爾

例 ときどき　映画を　見に　行きます。
偶爾會去看電影。

ときどき　図書館で　勉強します。
偶爾會在圖書館讀書。

反 いつも　經常、總是

□ いつも

經常、總是、平時

例 いつも　このバスに　乗ります。
總是搭乘這班巴士。

いつも　ここで　買います。
總是在這裡買。

反 ときどき　偶爾

□ たくさん

許多、很多

例 たくさん 食(た)べて ください。
請多吃些。

今日(きょう)は 宿題(しゅくだい)が たくさん あります。
今天有很多作業。

反 少(すこ)し 稍微、一點點、少量

ちょっと 稍微、一點兒、一會兒

□ 少(すこ)し

稍微、一點點、少量

例 水(みず)を 少(すこ)し 飲(の)みましょう。
喝一點點水吧！

英語(えいご)が 少(すこ)し 分(わ)かります。
懂一點點英文。

似 ちょっと 稍微、一點兒、一會兒

反 たくさん 許多、很多

□ ちょっと

稍微、一點兒、一會兒

例 砂糖(さとう)を ちょっと 入(い)れます。
放入些許糖。

ちょっと 待(ま)って ください。
請稍等。

似 少(すこ)し 稍微、一點點、少量

反 たくさん 許多、很多

□ あまり

太、很。若以「あまり＋否定」的形式出現，意思為「不太～」

例 数学(すうがく)は あまり 得意(とくい)では ありません。
數學不太擅長。

スポーツは あまり しません。
不太做運動。

副詞

205

□ もっと

更加、再多

例 もっと　いっしょに　いたいです。
想多在一起。

もっと　がんばって　ください。
請更加努力。

□ ちょうど

正、正好、整整、恰似

例 今は　ちょうど　12時です。
現在正好12點。

一万円　ちょうどです。
正好一萬日圓。

□ いっしょに

一起

例 いっしょに　出かけましょう。
一起出門吧！

母と　いっしょに　デパートへ　行きます。
要和母親一起去百貨公司。

□ すぐに

馬上、立刻

例 すぐに　来て　ください。
請立刻過來。

反 ゆっくり　慢慢地

すぐに　メールを　送ります。
馬上寄電子郵件。

□ **全部** <ruby>全<rt>ぜん</rt></ruby><ruby>部<rt>ぶ</rt></ruby>

全部

例 <ruby>彼<rt>かれ</rt></ruby>の <ruby>話<rt>はなし</rt></ruby>は <ruby>全部<rt>ぜんぶ</rt></ruby> <ruby>嘘<rt>うそ</rt></ruby>です。
他的話全是謊言。

わたしに <ruby>全部<rt>ぜんぶ</rt></ruby> ください。
全部給我。

似 すべて 全部、一切、都

□ **だいたい**

大致、大體上、根本

例 だいたい <ruby>毎日<rt>まいにち</rt></ruby> <ruby>お酒<rt>さけ</rt></ruby>を <ruby>飲<rt>の</rt></ruby>みます。
大體上每天都會喝酒。

ここに だいたい ３<ruby>年<rt>さんねん</rt></ruby> <ruby>住<rt>す</rt></ruby>んで います。
在這裡大致住了3年。

似 たいてい 大抵、大體上

□ **たいてい**

大抵、大體上、大概

例 <ruby>週末<rt>しゅうまつ</rt></ruby>は たいてい <ruby>家<rt>いえ</rt></ruby>に います。
週末大抵都會在家。

たいてい １１<ruby>時頃<rt>じごろ</rt></ruby> <ruby>寝<rt>ね</rt></ruby>ます。
大體上都是11點左右睡覺。

似 だいたい 大致、大體上

□ **だいぶ**

很、甚、極、相當

例 <ruby>部屋<rt>へや</rt></ruby>は だいぶ きれいに なりました。
房間變得相當乾淨了。

<ruby>傷<rt>きず</rt></ruby>は だいぶ <ruby>治<rt>なお</rt></ruby>りました。
傷勢好得十之八九了。

□ たいへん

很、非常、驚人、
費力、嚴重、厲害

例 この薬は　たいへん　苦いです。
這個藥非常苦。

ここの　池は　たいへん　深いです。
這裡的池塘非常深。

似 とても　很、非常

□ たぶん

恐怕、大概

例 明日は　たぶん　雨です。
明天大概會下雨。

彼は　たぶん　来ません。
他恐怕不來。

反 きっと　（相信）一定
かならず
（信念堅決的）一定

□ どう

怎樣、如何

例 痛みは　どうですか。
疼痛（的狀況）如何呢？

結果は　どうでしたか。
結果如何了呢？

似 いかが
怎樣、如何（「ど
う」的禮貌說法）

□ また

再、又、還

例 また　来て　ください。
請再來。

宿題を　また　忘れました。
又忘了作業。

208

□ もう

已經、再、另外、快要

例 ご飯は　もう　食べましたか。
已經吃飯了嗎？

もう　少し　待ちましょう。
再等一下吧！

反 まだ　還、尚、才

□ まだ

還、尚、才

例 父は　まだ　帰りません。
父親還沒有回來。

まだ　アフリカに　行ったことが　ありません。
還沒有去過非洲。

反 もう　已經

□ ゆっくり

慢慢地、充分、充裕

例 もっと　ゆっくり　歩きましょう。
再走慢一點吧！

ゆっくり　休んで　ください。
請好好休息。

延 だんだん　逐漸、漸漸

□ いったい

究竟、到底

例 いったい　どう　なりましたか。
到底變成怎樣了呢？

あの人は　いったい　誰ですか。
那個人究竟是誰啊？

副詞

實力測驗！

問題 1. ( ) に 入れるのに 最も よい ものを 1・2・3・4 から 一つ えらびなさい。

1. ふくは ( ) このみせで かいます。
   ①あまり　　　　②もっと　　　　③いつも　　　　④だいぶ

2. ははは ( ) カレーを つくります。
   ①よく　　　　　②いったい　　　③まだ　　　　　④もっと

3. ( ) おおきい ズボンは ありませんか。
   ①いつも　　　　②もっと　　　　③だいぶ　　　　④たぶん

4. おさけは ( ) のみません。
   ①とても　　　　②ぜひ　　　　　③あまり　　　　④すぐに

5. れいぞうこの なかに ビールが ( ) あります。
   ①まっすぐ　　　②なかなか　　　③ゆっくり　　　④たくさん

6. しょうゆを ( ) いれて ください。
   ①すこし　　　　②もっとも　　　③ぜんぜん　　　④あまり

7. おさらは ( ) あらって ください。
   ①すっかり　　　②すぐに　　　　③いったい　　　④ちょうど

8. むすこは しあいで ( ) けがを しました。
   ①もし　　　　　②もう　　　　　③また　　　　　④ぜひ

問題 2. つぎの ことばの 使い方と して 最も よい ものを 一つ
えらびなさい。

1. ゆっくり

①ゆっくり あそびに きて ください。

②あしたは ゆっくり あめです。

③ゆっくり あつく なりました。

④もっと ゆっくり はなして ください。

2. たぶん

①けんさの けっかは たぶん よく ありません。

②しつもんに たぶん こたえて ください。

③ごはんは たぶん たべましたか。

④たぶん やすい ものを ください。

3. まだ

①わたしは まだ りょこうへ いきます。

②ちちは まだ かいしゃに います。

③まだ どこで しょくじを しますか。

④つまらないですから、まだ でかけましょう。

□ **ほんとうに**

真、很、實在、真的

例 ほんとうに　ありがとう　ございます。
實在很感謝。

今日は　ほんとうに　疲れました。
今天真的累了。

□ **まっすぐ**

筆直、一直、直接

例 この道を　まっすぐ　進みます。
這條路直直前進。

まっすぐ　家へ　帰ります。
直接回家。

□ **いちばん**

最

例 いちばん　好きな　食べ物は　何ですか。
最喜歡的食物是什麼呢？

猫が　いちばん　可愛いです。
貓咪最可愛。

似 もっとも　最

□ **もっとも**

最

例 英語が　もっとも　得意です。
最擅長英語。

夏が　もっとも　好きです。
最喜歡夏天。

似 いちばん　最

□ はじめて

最初、初次

例 はじめて 飛行機（ひこうき）に 乗（の）ります。
初次搭飛機。

この歌（うた）は はじめて 歌（うた）います。
這首歌是第一次唱。

□ 特（とく）に

特別、格外、尤其

例 特（とく）に 数学（すうがく）が 嫌（きら）いです。
特別討厭數學。

特（とく）に 問題（もんだい）は ありません。
沒有特別的問題。

□ いろいろ

各式各樣（東西「數量眾多」）

例 スーパーで いろいろ 買（か）いました。
在超級市場買了各式各樣（的東西）。

大学（だいがく）で いろいろ 勉強（べんきょう）したいです。
想在大學學習各式各樣（的東西）。

延 さまざま 各式各樣（東西「各自不同」）

□ ずっと

遠比～更～、一直

例 ずっと あなたの そばに います。
一直都在你的身旁。

ずっと 友（とも）だちで いて ください。
請一直當朋友。

□ ぜんぜん

（下接否定語）完全（不）～、一點也（不）

例 英語は ぜんぜん 話せません。
完全不會説英語。

テストは ぜんぜん できませんでした。
考試完全不會。

似 まったく 完全、全然

□ きっと

（相信）一定、必然

例 きっと だいじょうぶです。
一定沒問題的。

彼は きっと 合格します。
他一定會考上的。

似 ぜったい 絕對

□ ぜひ

（強烈希望的）務必、一定

例 ぜひ 食べて ください。
請務必要吃。

ぜひ また 会いたいです。
希望務必再見。

□ やっと

好不容易、勉勉強強

例 仕事が やっと 終わりました。
工作好不容易結束了。

コンピューターが やっと 直りました。
電腦好不容易修好了。

□ **もちろん**

當然、不用說

例 約束は もちろん 覚えて います。
約會當然記得。

もちろん 彼女も 参加します。
她當然也會參加。

□ **やはり**

仍然、依然、
同樣、終歸還是、
果然

例 彼は やはり 来ませんでした。
他終歸還是沒有來。

似 やっぱり 仍然、依
然、同樣、
終歸還是、
果然

やはり お金は 必要です。
錢果然是必要的。

副詞

□ **だんだん**

逐漸、漸漸

例 だんだん 暑く なりました。
漸漸變熱了。

延 ゆっくり 慢慢地

彼女は だんだん きれいに なります。
她變得越來越漂亮。

□ **どんどん**

接連不斷、紛紛
地、迅速地

例 どんどん 食べて ください。
請用力吃。

子供は どんどん 成長します。
孩子不斷成長。

□ **そろそろ**

徐緩地、漸漸地、差不多該～了、就要～

例 そろそろ　会社へ　戻りましょう。
差不多該回公司了吧！

遅いですから、そろそろ　寝ます。
因為很晚了，差不多該睡了。

□ **すっかり**

完全、全部

例 傷は　すっかり　治りました。
傷勢完全治癒了。

新しい　会社に　すっかり　慣れました。
完全適應新公司了。

□ **ほとんど**

幾乎、差不多、大致、大部分

例 今月の　お金は　ほとんど　ありません。
這個月幾乎沒有錢。

料理は　ほとんど　食べました。
菜幾乎都吃了。

□ **ずいぶん**

相當、很、非常

例 今日は　ずいぶん　歩きました。
今天走了相當多路。

ずいぶん　がんばりました。
非常努力了。

216

□ なかなか

很、相當、非常。後面接續否定時，意思為「（不）輕易～、（不）容易～、怎麼也（不）～」

例 風邪が　なかなか　治りません。
感冒怎麼也好不了。

なかなか　よく　できました。
做得非常好。

□ しばらく

一會兒、好一陣子、暫且、暫時

例 しばらく　ここで　生活します。
暫且在此生活。

学校を　しばらく　休みます。
暫時跟學校請假。

□ とうとう

終於、到底

例 彼は　とうとう　来ませんでした。
他到底還是沒來了。

犯人は　とうとう　捕まりました。
犯人終於被捕了。

似 やっと　好不容易、勉勉強強

ついに　終於、終究

□ なるべく

盡可能、盡量

例 なるべく　帽子を　被りましょう。
盡可能戴帽子吧！

なるべく　早く　帰りたいです。
想盡量早點回去。

副詞

實力測驗！

問題 1.（　　　　）に　入れるのに　最も　よい　ものを　1・2・3・4
　　　　から　一つ　えらびなさい。

1. むすめは　　（　　　　）　ひとりで　りょこうしました。
　　①とても　　　　②はじめて　　　　③ちかく　　　　④もっと

2. えいごが　　（　　　　）　じょうずに　なりました。
　　①だんだん　　　②あまり　　　　③ちょうど　　　　④まだ

3. （　　　　）　かぞくと　あって　いません。
　　①いろいろ　　　②いったい　　　③だんだん　　　　④しばらく

4. おきゃくさんと　あったあと、（　　　　）　かいしゃへ　もどります。
　　①ぜんぶ　　　　②たいへん　　　③まっすぐ　　　　④いちばん

5. こどもたちは　　（　　　　）　おとなに　なりました。
　　①たいてい　　　②たくさん　　　③すっかり　　　　④おおぜい

6. おっとは　家事を　（　　　　）　しません。
　　①ときどき　　　②もっと　　　　③いろいろ　　　　④ぜんぜん

7. ケーキは　　（　　　　）　うまく　できました。
　　①なかなか　　　②いっしょに　　③まっすぐ　　　　④はじめに

8. あしたは　（　　　　）　はやく　がっこうへ　きて　ください。
　　①いったい　　　②ゆっくり　　　③たぶん　　　　　④なるべく

問題 2. つぎの　ことばの　使い方と　して　最も　よい　ものを　一つ　えらびなさい。

1. とくに
   ①ことしの　なつは　<u>とくに</u>　あつかったです。
   ②つかれましたから、いえで　<u>とくに</u>　やすみます。
   ③むすめは　<u>とくに</u>　けっこんします。
   ④おさけは　<u>とくに</u>　のみます。

2. きっと
   ①えきまで　あるいて　<u>きっと</u>ですか。
   ②コーヒーに　さとうを　<u>きっと</u>　いれましょう。
   ③ははは　きのう　<u>きっと</u>　おいしかったです。
   ④せんせいの　びょうきは　<u>きっと</u>　なおります。

3. やはり
   ①<u>やはり</u>　あのひとが　はんにんでした。
   ②あのことは　<u>やはり</u>　もう　なりましたか。
   ③<u>やはり</u>　また　あそびに　きましょう。
   ④コンビニは　<u>やはり</u>　いって、ひだりがわです。

□ タバコ

菸草、菸葉、香菸

例 タバコを 吸(す)わないで ください。
請勿吸菸。

タバコの 匂(にお)いが します。
有香菸的味道。

延 灰皿(はいざら) 菸灰缸

□ パン

麵包

例 毎朝(まいあさ) パンを 食(た)べます。
每天早上都吃麵包。

姉(あね)は 自分(じぶん)で パンを 作(つく)ります。
姊姊自己做麵包。

延 ご飯(はん) 飯
ライス 白飯

□ コーヒー

咖啡

例 コーヒーが 飲(の)みたいです。
想喝咖啡。

コーヒーに 砂糖(さとう)を 入(い)れます。
加糖到咖啡裡。

延 紅茶(こうちゃ) 紅茶

□ バター

奶油、黃油

例 パンに バターを 塗(ぬ)ります。
在麵包上塗奶油。

バターが もう ありません。
奶油已經沒了。

□ カレー

咖哩

例 息子は　カレーが　大好きです。
兒子非常喜歡咖哩。

いっしょに　カレーを　作りましょう。
一起做咖哩吧！

□ スプーン

（西餐用的）湯匙

例 スプーンが　落ちました。
湯匙掉了。

スプーンで　スープを　飲みます。
用湯匙喝湯。

□ ナイフ

餐刀、小刀

例 ステーキを　ナイフで　切ります。
用餐刀切牛排。

ナイフで　指を　切りました。
被小刀切到手指了。

□ フォーク

（西餐用的）叉子

例 フォークを　取って　ください。
請拿叉子。

フォークが　見つかりません。
找不到叉子。

外來語

□ カップ

（帶把手的）茶杯、（紙、塑膠、金屬做的）杯子、獎杯、量杯、罩杯

例 どっちの　カップが　いいですか。
哪一個杯子好呢？

もっと　大<ruby>き<rt>おお</rt></ruby>い　カップが　ほしいです。
想要更大的杯子。

延 マグカップ　馬克杯

□ コップ

玻璃杯、酒杯

例 新<ruby><rt>あたら</rt></ruby>しい　コップを　買<ruby><rt>か</rt></ruby>いましょう。
買新的玻璃杯吧！

ジュースを　コップに　入<ruby><rt>い</rt></ruby>れて　ください。
請把果汁倒到玻璃杯裡。

延 グラス　玻璃杯

□ セーター

毛衣

例 寒<ruby><rt>さむ</rt></ruby>い　日<ruby><rt>ひ</rt></ruby>は　セーターを　着<ruby><rt>き</rt></ruby>ます。
天冷的日子會穿毛衣。

もっと　厚<ruby><rt>あつ</rt></ruby>い　セーターが　ほしいです。
想要更厚的毛衣。

□ コート

（外出穿在一般衣服上的防寒、防雨）大衣、上衣

例 これは　イギリス製<ruby><rt>せい</rt></ruby>の　コートです。
這是英國製的大衣。

コートを　着<ruby><rt>き</rt></ruby>て、出<ruby><rt>で</rt></ruby>かけましょう。
穿大衣，出門吧！

似 オーバー　大衣、上衣

延 ジャケット　夾克、短外套、短上衣

□ **スカート** 　　　　　　　　　　　裙子

例 スカートを　穿^はきましょう。
穿裙子吧！

長^{なが}い　スカートが　好きでは　ありません。
不喜歡長裙。

□ **ズボン** 　　　　　　　　　　　褲子

例 ここで　ズボンを　脱^ぬがないで　ください。
請不要在這邊脫褲子。

ズボンに　穴^{あな}が　開^あいて　います。
褲子上有破洞。

□ **スーツ** 　　　　　　　　　（上下同布料的）
　　　　　　　　　　　　　　　　西裝、套裝

例 スーツで　会社^{かいしゃ}へ　行^いきます。
穿套裝去公司。　　　　　　　　　延 背広^{せびろ}　西裝

黒^{くろ}い　スーツを　買^かいましょう。
買黑色的套裝吧！

□ **シャツ** 　　　　　　　　　　　襯衫

例 シャツを　洗^{あら}いましょう。
洗襯衫吧！

シャツが　汗^{あせ}で　汚^{よご}れました。
襯衫被汗水弄髒了。

外來語

□ **ワイシャツ**

（男士穿在西裝下的）白襯衫

例 新しい　ワイシャツが　必要です。
需要新的白襯衫。

ワイシャツを　着なければ　なりません。
非穿白襯衫不可。

□ **ネクタイ**

領帶

例 自分で　ネクタイを　締めます。
自己打領帶。

父の　日に　ネクタイを　プレゼントします。
父親節要送爸爸領帶當禮物。

□ **ボタン**

鈕扣、按鈕

例 赤い　ボタンを　押して　ください。
請按紅色的按鈕。

シャツの　ボタンが　一つ　ありません。
襯衫的鈕扣少了一個。

□ **スリッパ**

拖鞋

例 お客さんに　スリッパを　出します。
拿拖鞋給客人。

玄関で　スリッパを　脱ぎます。
在玄關脫拖鞋。

□ **ポケット**　　　　　　　　　　　　口袋

⑨ ポケットに　お金が　入って　いました。
口袋裡放著錢了。

この服には　ポケットが　ありません。
這件衣服上沒有口袋。

□ **ドア**　　　　　　　　　　　　　門

⑨ ドアが　自動で　開きました。
門自動開了。

ドアを　閉めて　ください。
請關門。

似　門　門
　　戸　門

□ **アパート**　　　　　　　公寓（建築物較矮、
　　　　　　　　　　　　　「木造」或「輕量鋼
　　　　　　　　　　　　　骨」結構）

⑨ あなたの　アパートは　どこですか。
你的公寓在哪裡呢？

このアパートは　古くて、狭いです。
這間公寓又舊又狹小。

延　マンション
　　華廈（建築物較高、
　　「鋼筋混凝土」或
　　「鋼骨鋼筋混凝土」
　　或「鋼骨」結構）

□ **トイレ**　　　　　　　　　廁所、化妝室

⑨ トイレは　どこですか。
廁所在哪裡呢？

トイレを　貸して　ください。
請借我廁所。

似　お手洗い　廁所、
　　　　　　　化妝室

實力測驗！

問題 1.（　　　）に　入れるのに　最も　よい　ものを　1・2・3・4
　　　から　一つ　えらびなさい。

1. へやの　なかで　（　　　）を　すわないで　ください。
　　①カレー　　　　　②ホテル　　　　　③テレビ　　　　　④タバコ

2. （　　　）が　おちて、われて　います。
　　①コピー　　　　　②パン　　　　　　③コップ　　　　　④ナイフ

3. （　　　）に　なにか　はいって　います。
　　①ニュース　　　　②ポケット　　　　③ボタン　　　　　④カレンダー

4. こうえんの　（　　　）は　きたないですから、はいりません。
　　①バター　　　　　②ギター　　　　　③カメラ　　　　　④トイレ

5. むすめは　（　　　）より　ズボンが　すきです。
　　①スカート　　　　②フィルム　　　　③プール　　　　　④ネクタイ

6. きょうは　さむいですから、あつい　（　　　）を　きましょう。
　　①レコード　　　　②パーティー　　　③スリッパ　　　　④セーター

7. うえの　（　　　）を　おして、なかに　はいります。
　　①タバコ　　　　　②ホテル　　　　　③ボタン　　　　　④シャワー

8. じぶんの　（　　　）は　じぶんで　あらいなさい。
　　①コピー　　　　　②バター　　　　　③シャツ　　　　　④ギター

問題2. つぎの　ことばの　使い方と　して　最も　よい　ものを　一つ　えらびなさい。

1. パン

　①パンは　はしで　たべましょう。

　②わたしの　パンは　あのあかい　たてものです。

　③パンで　とりにくを　きります。

　④わたしは　ごはんより　パンが　すきです。

2. ドア

　①ドアは　りょうりを　するところです。

　②がっこうの　ドアは　とても　ふかいです。

　③かぜで　ドアが　あきました。

　④ねるまえに、ドアを　あびます。

3. コート

　①いつも　かいしゃの　コートで　おひるを　たべます。

　②でんしゃは　コートより　はやいです。

　③あついですから、コートを　ぬいだほうが　いいです。

　④コートの　なかに　たまごや　にくが　おいて　あります。

□ スポーツ

體育、運動

例 どんな スポーツを しますか。
都做什麼樣的運動呢？

スポーツは 見るほうが 好きです。
運動的話，（我）比較喜歡用看的。

似 運動 運動

□ シャワー

淋浴

例 帰った後、すぐに シャワーを 浴びます。
回家後，會立刻淋浴。

シャワーが 壊れました。
淋浴壞掉了。

延 お風呂 泡澡、洗澡

□ エレベーター

電梯

例 エレベーターで 5階へ 行きます。
搭乘電梯要去5樓。

このアパートに エレベーターは ありません。
這個公寓沒有電梯。

延 エスカレーター
手扶電梯

□ デパート

百貨公司

例 母と デパートへ 行きます。
要和母親去百貨公司。

デパートで 何を 買いましたか。
在百貨公司買了什麼呢？

延 ショッピング
購物、買東西

□ ホテル

飯店

例 週末、京都の　ホテルに　泊まります。
週末，會投宿在京都的飯店。

このホテルは　サービスが　いいです。
這家飯店的服務很好。

□ レストラン

餐廳

例 レストランで　何か　食べましょう。
在餐廳吃點什麼吧！

近くの　レストランで　食事します。
要在附近的餐廳用餐。

延 メニュー　菜單

□ ギター

吉他

例 ギターを　弾くことが　できますか。
會彈吉他嗎？

わたしは　ギターを　習いたいです。
我想學吉他。

延 楽器　樂器

□ ピアノ

鋼琴

例 妹は　ピアノが　上手です。
妹妹鋼琴彈得很好。

10年くらい　ピアノを　習って　います。
學了10年左右的鋼琴。

□ バス

巴士、公車

例 バスで　会社へ　行きます。
搭乘巴士去公司。

バスは　とても　便利です。
巴士非常方便。

延 バス停 巴士站
　　運賃 車資

□ タクシー

計程車

例 日本の　タクシーは　たいへん　高いです。
日本的計程車非常貴。

タクシーを　呼びましょう。
叫計程車吧！

□ テープ

紙帶、布帶、終點
衝刺帶、錄音帶、
膠帶

例 今は　テープで　音楽を　聴きません。
現在不用錄音帶聽音樂。

裏側に　テープで　貼ります。
內側用膠帶來貼。

延 テープレコーダー
　　錄音機

□ テープレコーダー

錄音機

例 このテープレコーダーは　まだ　使えます。
這台錄音機還能用。

テープレコーダーを　見たことが　ありますか。
有看過錄音機嗎？

延 テープ 錄音帶

230

□ **レコード**　　　　　　　　　　　　唱片、紀錄

（例）レコードの　音が　好きです。
喜歡唱片的聲音。

父は　レコードを　集めて　います。
父親蒐集著唱片。

□ **ラジカセ**　　　　　　　　　　　　收錄音機

（例）このラジカセは　もう　動きません。
這台收錄音機已經不能動了。

昔は　ラジカセで　音楽を　聴きました。
以前都是用收錄音機聽音樂。

□ **プール**　　　　　　　　　　　　　游泳池

（例）週末、友だちと　プールへ　行きます。
週末，要和朋友去游泳池。

いっしょに　プールで　泳ぎませんか。
要不要一起去游泳池游泳呢？

□ **パーティー**　　　　　　　　　　（交際性的）茶
　　　　　　　　　　　　　　　　　　會、宴會、舞會

（例）パーティーで　赤い　ドレスを　着ます。
要在宴會穿紅色的禮服。

パーティーは　うるさいですから、嫌いです。
因為宴會很吵，所以不喜歡。

□ カメラ

相機

例 カメラで 子供の 成長を 撮ります。
用相機拍攝孩子的成長。

このカメラは 大きくて、重いです。
這台相機又大又重。

延 デジカメ 數位相機
　　ビデオ 影片、錄影、
　　　　　　影音檔

□ フィルム

膠捲、底片、影片

例 フィルムが もう ありません。
已經沒有底片了。

フィルムは どこで 売って いますか。
哪裡有在賣底片呢？

□ テレビ

電視

例 今の 子は テレビを あまり 見ません。
現在的小孩不太看電視。

もっと 大きい テレビが 買いたいです。
想買更大的電視。

延 チャンネル （電視）
　　　　　　　頻道

□ ニュース

新聞、消息

例 朝食を 食べながら、ニュースを 見ます。
會一邊吃早餐，一邊看新聞。

とても 悲しい ニュースです。
非常悲傷的消息。

延 アナウンサー 播報員

□ ラジオ

収音機

例 ラジオを　つけて　ください。
請開收音機。

それは　ラジオで　知(し)りました。
那是從收音機得知的。

□ ペット

寵物

例 ペットを　飼(か)っては　いけません。
不可以養寵物。

ペットが　死(し)んで、悲(かな)しいです。
寵物死了，很傷心。

□ コピー

抄本、影印、拷
貝、廣告文案

例 秘書(ひしょ)に　コピーを　頼(たの)みました。
拜託祕書影印了。

コピーは　自分(じぶん)で　して　ください。
影印請自己來。

延 コピー機(き) 影印機

□ カレンダー

日曆、月曆、
年曆、行事曆

例 カレンダーに　予定(よてい)を　書(か)きます。
在行事曆上寫下預定。

カレンダーを　見(み)て　みましょう。
看看行事曆吧！

外來語

233

實力測驗！

問題 1.（　　　　）に　入れるのに　最も　よい　ものを　1・2・3・4
　　　から　一つ　えらびなさい。

1. むすめは　ひとりで　（　　　　）に　のることが　できません。
　　①レコード　　　　②パーティー　　　③エレベーター　　④カレンダー

2. どこの　（　　　　）に　とまって　いますか。
　　①コピー　　　　　②ホテル　　　　　③ラジオ　　　　　④ボタン

3. にちようび、おっとと　（　　　　）で　ごはんを　たべました。
　　①スリッパ　　　　②フィルム　　　　③レストラン　　　④タクシー

4. たいわんの　（　　　　）は　きいろです。
　　①ポケット　　　　②タクシー　　　　③スプーン　　　　④ニュース

5. そふは　（　　　　）を　きいて　います。
　　①バター　　　　　②コップ　　　　　③レコード　　　　④デパート

6. がくせいの　とき、（　　　　）で　えいごを　べんきょうしました。
　　①ラジカセ　　　　②ペット　　　　　③ズボン　　　　　④ギター

7. むすこは　いろいろな　（　　　　）が　とくいです。
　　①エレベーター　　②スポーツ　　　　③シャワー　　　　④ラジオ

8. あたらしい　としですから、（　　　　）を　かいましょう。
　　①カレンダー　　　②トイレ　　　　　③コピー　　　　　④パーティー

問題 2. つぎの　ことばの　使い方と　して　最も　よい　ものを　一つ　えらびなさい。

1. ギター

　①ギターを　ひいて、かいしゃを　やすみました。

　②ねるまえに、ギターを　かきましょう。

　③わたしは　ギターと　ピアノを　ひくことが　できます。

　④ギターで　きれいに　あらいましょう。

2. テープレコーダー

　①どんな　テープレコーダーも　たいへんです。

　②ちちの　テープレコーダーは　まだ　きくことが　できます。

　③しゅうまつ、テープレコーダーを　しませんか。

　④せいとに　テープレコーダーで　おしえます。

3. コピー

　①コピーの　なかで　さかなが　およいで　います。

　②コピーに　いれて　ください。

　③むすこは　ひとりで　コピーに　すんで　います。

　④コピーを　とって　ください。

外來語

□ マッチ

火柴

例 マッチで 火を つけます。
用火柴點火。

最近は あまり マッチを 見ません。
最近不太常見火柴。

延 ライター 打火機

□ ストーブ

暖爐

例 寒いですから、ストーブを つけました。
因為很冷，所以開了暖爐。

ストーブに 石油を 入れます。
把煤油放入暖爐。

□ テーブル

桌子、餐桌、～表

例 テーブルの 上に 塩が あります。
桌子上有鹽。

テーブルを 拭いて ください。
請擦桌子。

延 椅子 椅子

□ ベッド

床、苗床、花壇

例 祖母は ベッドで 寝たがりません。
祖母不想睡床。

ホテルの ベッドは 気持ちが いいです。
飯店的床很舒服。

延 枕 枕頭

□ ポスト

郵筒、信箱、地位

例 ポストに 手紙_{てがみ}を 入_いれます。
把信放到郵筒。

延 郵便局_{ゆうびんきょく} 郵局

ポストに 何_{なに}も 入_{はい}って いませんでした。
信箱裡什麼都沒有。

□ クラス

班級、等級、階級

例 クラスに 好_すきな 人_{ひと}が います。
班上有喜歡的人。

もっと 上_{うえ}の クラスで 勉強_{べんきょう}したいです。
想在更高階的班級學習。

□ テスト

測驗、考試、測試

例 明日_{あした}から テストが 始_{はじ}まります。
明天開始考試。

似 試験_{しけん} 考試

次_{つぎ}の テストは いつですか。
下次的考試是何時呢？

□ ペン

筆、鋼筆

例 赤_{あか}い ペンを 貸_かして ください。
請借我紅色的筆。

このペンは 父_{ちち}に もらいました。
這支筆是從父親那邊獲得的。

外來語

237

□ ボールペン

原子筆

例 ボールペンで 書^かかないで ください。
請不要用原子筆寫。

もう ボールペンの インクが ありません。
原子筆的墨水已經沒了。

□ ノート

筆記、記錄、
注釋、筆記本

例 授業^{じゅぎょう}の ノートを 見^みせて ください。
請讓我看上課的筆記。

テストの 前^{まえ}に ノートを 見^みます。
考試之前會看筆記。

□ ページ

頁

例 ７３^{ななじゅうさん} ページを 開^{ひら}いて ください。
請打開73頁。

その本^{ほん}は 何^{なん}ページ ありますか。
那本書有幾頁呢？

延 本^{ほん} 書
小説^{しょうせつ} 小説

□ ゼロ

0、零、零分、完全
沒有、毫無價值

例 ゼロから 百^{ひゃく}まで 数^{かぞ}えましょう。
從零數到一百吧！

ゼロ 足^たす ８８^{はちじゅうはち}は ８８^{はちじゅうはち}です。
0加88等於88。

似 零^{れい} 零

238

□ キログラム

公斤

例 牛肉を 3 キログラム 買います。
牛肉（ぎゅうにく）を さん か
買牛肉3公斤。

体重（たいじゅう）は 何（なん）キログラム ありますか。
體重有幾公斤呢？

似 キロ 公斤

□ メートル

公尺

例 全長（ぜんちょう）は だいたい 200（にひゃく）メートルです。
全長大約200公尺。

雪（ゆき）が 一（いち）メートルも 積（つ）もりました。
雪積了一公尺之多。

□ キロメートル

公里

例 この公園（こうえん）は 一周（いっしゅう）2（に）キロメートルです。
這個公園一周是2公里。

マラソンで 42（よんじゅうに）キロメートル 走（はし）ります。
在馬拉松跑了42公里。

似 キロ 公里

□ オートバイ

摩托車、機車

例 オートバイで 事故（じこ）に 遭（あ）いました。
騎摩托車出車禍了。

オートバイは 危（あぶ）ないです。
摩托車很危險。

似 バイク 摩托車

外來語

□ スーパー

超級、超級市場

例 スーパーで 野菜と 果物を 買います。
在超級市場買蔬菜和水果。

スーパーで アルバイトを して います。
在超級市場打工。

□ レジ

收銀台

例 レジの 仕事は 難しいですか。
收銀台的工作困難嗎？

スーパーの レジで 働いて います。
在超級市場的收銀台工作。

□ コンビニ

便利商店

例 コンビニで 何か 買って 帰りましょう。
在便利商店買點什麼回去吧！

似 コンビニエンスストア
便利商店

コンビニで ビールを 買いました。
在便利商店買了啤酒。

□ アメリカ

美國

例 アメリカに 5回 行ったことが あります。
去過美國5次。

日本は アメリカの チームに 負けました。
日本輸給美國的隊伍了。

□ アフリカ

非洲

例 アフリカに 行^いったことが ありません。
不曾去過非洲。

アフリカは とても 暑^{あつ}かったです。
非洲非常炎熱。

□ アジア

亞洲

例 アジアは 食^たべ物^{もの}が おいしいです。
亞洲的食物很好吃。

延 東南^{とうなん}アジア 東南亞

アジアは 湿気^{しっけ}が 多^{おお}いですか。
亞洲濕氣重嗎？

□ プレゼント

禮物、禮品

例 誕生日^{たんじょうび}に プレゼントを もらいました。
生日時獲得禮物了。

似 贈^{おく}り物^{もの} 禮物、禮品

プレゼントは 何^{なに}が いいですか。
禮物（送）什麼好呢？

□ ハンカチ

手帕

例 ハンカチで 手^てを 拭^ふきました。
用手帕擦手。

延 タオル 毛巾

ポケットに ハンカチを 入^いれます。
把手帕放到口袋裡。

實力測驗！

問題 1. (　　　　) に　入れるのに　最も　よい　ものを　1・2・3・4
　　　　から　一つ　えらびなさい。

1. (　　　　) を　もって　いますか。
　①スーパー　　　②コンビニ　　　③マッチ　　　④レジ

2. あたたかいです。(　　　　) が　ついて　いますか。
　①アフリカ　　　②ペン　　　　③ハンカチ　　　④ストーブ

3. うちの　(　　　　) は　おんなしか　いません。
　①クラス　　　②テーブル　　　③メートル　　　④マッチ

4. にほんの　(　　　　) は　あかいです。
　①ポスト　　　②テスト　　　③デパート　　　④ノート

5. (　　　　) の　うえに　まくらを　おきました。
　①ホテル　　　②シャワー　　　③アメリカ　　　④ベッド

6. きょうの　(　　　　) は　とても　むずかしかったです。
　①ページ　　　②テスト　　　③スーパー　　　④アジア

7. (　　　　) の　したに　ねこが　います。
　①テーブル　　　②スポーツ　　　③フォーク　　　④ボタン

8. ポケットの　なかに　(　　　　) が　はいって　います。
　①ドア　　　②ハンカチ　　　③アパート　　　④パーティー

問題 2. つぎの　ことばの　使い方と　して　最も　よい　ものを　一つ
えらびなさい。

1. オートバイ

   ①おとうとは　オートバイに　のることが　できます。

   ②オートバイが　ありますから、おそくまで　べんきょうします。

   ③ともだちに　オートバイを　かきました。

   ④きのうと　おとといは　オートバイが　ふりました。

2. ゼロ

   ①バスは　ゼロより　はやくて、べんりです。

   ②せいこうの　可能性は　ゼロです。

   ③はるに　なって、ゼロが　さきました。

   ④デパートで　ゼロを　かいましょう。

3. ボールペン

   ①ボールペンで　ひを　つけないで　ください。

   ②なにか　ボールペンが　ありますか。

   ③あかい　ボールペンで　なおして　ください。

   ④ボールペンが　なくて、なにも　かえませんでした。

（一）接續詞

□ **そして** 　　　　　　　　　　　　　然後、於是、而且

例 この店は　おいしいです。そして、安いです。
這家店很好吃。而且，很便宜。

彼は　ハンサムです。そして、優しいです。
他很帥。而且，很體貼。

□ **それから** 　　　　　　　　　　　　接著、然後、還有

例 映画を　見ます。それから、食事を　します。
要看電影。然後，吃飯。

お酒を　少し　飲みます。それから、寝ます。
要喝點酒。然後，睡覺。

□ **それでは** 　　　　　　　　　　　　那麼、那樣的話

例 それでは、ビールを　ください。
那麼，請給我啤酒。

それでは、また　会いましょう。
那麼，再會吧！

似 では　那麼
　じゃ / じゃあ
　那麼、那樣的話

□ では

那麼

例 では、コーヒーを お願い します。
那麼，麻煩（給我）咖啡。

では、みんなで 行きましょう。
那麼，大家一起去吧！

似 それでは 那麼、那樣
　　　　　　的話

じゃ / じゃあ
那麼、那樣的話

□ じゃ / じゃあ

那麼、那樣的話（「そ
れでは」、「では」的
口語說法）

例 じゃ、これで 終わります。
那麼，到此結束。

じゃあ、また 明日 会いましょう。
那麼，明天再見吧！

似 それでは 那麼、那樣
　　　　　　的話

では 那麼

□ しかし

然而、但是

例 もう 夏です。しかし、まだ 涼しいです。
已經夏天了。然而，還很涼。

退院しました。しかし、まだ 痛いです。
出院了。但是，還很痛。

似 でも 但是

□ でも

但是

例 来週は 試験です。でも、勉強したくないです。
下個禮拜考試。但是，不想讀書。

20歳に なりました。でも、まだ 子供です。
已經20歲了。但是，還是個孩子。

似 しかし 然而、但是

其他

（二）疑問詞

□ **いくら**	（價錢、數量等）多少

例 これは　いくらですか。
這個多少錢呢？

その靴は　いくらでしたか。
那雙鞋多少錢呢？

延 値段 價格

□ **誰**	誰、任何人

例 あの人は　誰ですか。
那個人是誰呢？

外に　誰か　います。
外面有誰在。

似 どなた 哪位（「誰」的客氣用法）

□ **どなた**	哪位

例 あなたは　どこの　どなたですか。
你是哪裡的哪位呢？

どなたか　英語が　話せますか。
有哪位會說英語呢？

似 誰 誰

□ 何 / 何
なに / なん

何、什麼、幾、多少、若干

例 夕ご飯は　何ですか。
ゆう　はん　なん
晚餐是什麼呢？

パーティーは　何人　来ますか。
なんにん　き
宴會有幾個人會來？

□ どこ

何處、哪兒、哪裡

例 どこで　会いますか。
あ
在哪裡碰面呢？

あの留学生は　どこの　国の　人ですか。
りゅうがくせい　くに　ひと
那個留學生是哪個國家的人呢？

似 どちら　哪裡

□ どっち

哪一個、哪一方面

例 肉と　魚、どっちが　いいですか。
にく　さかな
肉和魚，哪一個好呢？

どっちが　あなたの　彼女ですか。
かのじょ
哪一個是你的女朋友呢？

似 どちら
哪邊、哪一個、哪裡、哪位（「どっち」的客氣用法）

□ いつ

何時、什麼時候

例 次の　会議は　いつですか。
つぎ　かいぎ
下一個會議是什麼時候呢？

あなたの　誕生日は　いつですか。
たんじょうび
你的生日是什麼時候呢？

其他

□ どうして

為什麼

似 なぜ 何故、為什麼

例 どうして　来<ruby>来<rt>き</rt></ruby>ませんでしたか。
為什麼沒有來呢？

<ruby>電車<rt>でんしゃ</rt></ruby>は　どうして　<ruby>止<rt>と</rt></ruby>まりましたか。
電車為什麼停了呢？

□ なぜ

何故、為什麼

例 なぜ　<ruby>遅刻<rt>ちこく</rt></ruby>しましたか。
為什麼遲到了呢？

似 どうして　為什麼

なぜ　<ruby>弁護士<rt>べんごし</rt></ruby>に　なりたいですか。
為什麼想成為律師呢？

□ いくつ

幾個、多少、幾歲

例 いくつに　なりましたか。
變成幾個了呢？／變成幾歲了呢？

似 <ruby>何個<rt>なんこ</rt></ruby>　幾個

<ruby>卵<rt>たまご</rt></ruby>は　いくつ　ありますか。
雞蛋有幾個呢？

□ おいくつ

貴庚

例 <ruby>部長<rt>ぶちょう</rt></ruby>の　<ruby>娘<rt>むすめ</rt></ruby>さんは　おいくつですか。
部長的女兒幾歲了呢？

似 いくつ　幾歲

<ruby>隆<rt>たかし</rt></ruby>くんは　<ruby>今年<rt>ことし</rt></ruby>で　おいくつに　なりましたか。
小隆今年變成幾歲了呢？

□ **どのくらい / どのぐらい**　　　　　　　　　　多久、多少、幾次

㉘ 駅から　家まで　どのくらいですか。
從車站到家要多久呢？

今まで　飛行機は　どのぐらい　乗りましたか。
到現在坐過幾次飛機了呢？

（三）連體詞

□ **どんな**　　　　　　　　　　　　　　　　　什麼樣的、怎樣的

㉘ どんな男性が　好きですか。
喜歡什麼樣的男性呢？

台湾は　どんなところですか。
台灣是什麼樣的地方呢？

□ **どの**　　　　　　　　　　　　　　　　　　哪個

㉘ どの色が　いいですか。
哪個顏色好呢？

どのパソコンを　買いますか。
要買哪台電腦呢？

（四）代名詞

□ どれ	哪個
例 木村くんの　辞書は　どれですか。 木村同學的字典是哪本呢？ どれが　あなたの　自転車ですか。 哪台是你的腳踏車呢？	

（五）接續助詞

□ ながら

一邊～一邊

例 シャワーを　浴びながら、歌を　歌います。
一邊淋浴，一邊唱歌。

歩きながら、食べないで　ください。
請不要一邊走路，一邊吃東西。

□ から

因為～

例 今日は　雨だから、遠足は　中止です。
今天因為下雨，所以遠足要中止。

頭が　痛いから、休みます。
因為頭痛，所以要請假。

實力測驗！

問題 1.（　　　）に　入れるものに　最も　よい　ものを　1・2・3・4 から　一つ　えらびなさい。

1. じゅうがつです。（　　　）、まだ　あついです。
　　①それでは　　　　②それから　　　　③でも　　　　④だから

2. さっき　（　　　）か　きましたか。
　　①なぜ　　　　②いつ　　　　③いくら　　　　④だれ

3. あめが　ふりました。（　　　）、しあいは　ちゅうしに　なりました。
　　①しかし　　　　②いくら　　　　③そして　　　　④では

4. かいがいの　せいかつは　（　　　）ですか。
　　①どちら　　　　②いかが　　　　③どっち　　　　④どなた

5. きのう　（　　　）　やすみましたか。
　　①いくつ　　　　②どうして　　　　③どっち　　　　④どの

6. （　　　）、これから　のみに　いきましょう。
　　①じゃあ　　　　②どちら　　　　③なぜ　　　　④しかし

7. べんきょうし（　　　）、おんがくを　きかないほうが　いいです。
　　①たり　　　　②たいし　　　　③ながら　　　　④ないで

8. そのコーヒーは　（　　　）　あじですか。
　　①どれ　　　　②どこ　　　　③どんな　　　　④どちら

問題2. つぎの　ことばの　使い方と　して　最も　よい　ものを　一つ
　　　　えらびなさい。

1. それでは
　　①あしたは　テストです。それでは、べんきょうしたく　ありません。
　　②それでは、にくを　おねがい　します。
　　③ねるまえに、はを　みがきます。それでは、ねます。
　　④このみせは　まずいです。それでは、たかいです。

2. いくら
　　①このカップは　ひとつ　いくらですか。
　　②コーヒーを　もう　いっぱい　いくらですか。
　　③ほっかいどうは　いくらですか。
　　④このえきは　いくらですか。

3. どの
　　①きょうとの　なつは　どのですか。
　　②ジョンさんの　くには　どのですか。
　　③ちんさんは　どの　にほんへ　きましたか。
　　④どのひとが　あなたの　おとうとさんですか。

其他

附錄

問題 1.

1.② うちに 子供<ruby>こ<rt></rt></ruby>は いません。　我們家沒有小孩。

2.④ お皿<ruby>さら<rt></rt></ruby>は 自分<ruby>じぶん<rt></rt></ruby>で 洗<ruby>あら<rt></rt></ruby>います。　盤子自己洗。

3.① 妹<ruby>いもうと<rt></rt></ruby>は 喫茶店<ruby>きっさてん<rt></rt></ruby>で 働<ruby>はたら<rt></rt></ruby>いて います。　妹妹在咖啡廳工作。

問題 2.

1.① 祖母<ruby>そぼ<rt></rt></ruby>は もう いません。　祖母已經不在了。

2.③ 私<ruby>わたし<rt></rt></ruby>は 来年<ruby>らいねん<rt></rt></ruby> 大学生<ruby>だいがくせい<rt></rt></ruby>に なります。　我明年會成為大學生。

3.④ 姉<ruby>あね<rt></rt></ruby>は 銀行<ruby>ぎんこう<rt></rt></ruby>に 勤<ruby>つと<rt></rt></ruby>めて います。　姊姊在銀行上班。

問題 3.

1.③ あの（方<ruby>かた<rt></rt></ruby>）は どなたですか。　那位是哪位呢？

2.④ 父<ruby>ちち<rt></rt></ruby>の 妹<ruby>いもうと<rt></rt></ruby>は （叔母<ruby>おば<rt></rt></ruby>）です。　父親的妹妹是姑姑。

3.② 母<ruby>はは<rt></rt></ruby>の 兄<ruby>あに<rt></rt></ruby>は （私<ruby>わたし<rt></rt></ruby>）の 叔父<ruby>おじ<rt></rt></ruby>です。　母親的哥哥是我的舅舅。

問題 4.

1.④ 門<ruby>もん<rt></rt></ruby>の ところに 男<ruby>おとこ<rt></rt></ruby>の 人<ruby>ひと<rt></rt></ruby>が 立<ruby>た<rt></rt></ruby>って います。
　　有男人站在門的那裡。

2.① 家族<ruby>かぞく<rt></rt></ruby> みんなで 遊<ruby>あそ<rt></rt></ruby>びに 来<ruby>き<rt></rt></ruby>て ください。　請家人大家來玩。

3.③ 公園<ruby>こうえん<rt></rt></ruby>で 女<ruby>おんな<rt></rt></ruby>の子<ruby>こ<rt></rt></ruby>が 3人<ruby>さんにん<rt></rt></ruby> 遊<ruby>あそ<rt></rt></ruby>んで います。　公園裡有3個女孩在玩。

問題 1.

1. ④ ジョンさんは 留学生<ruby>りゅうがくせい</ruby>です。　約翰同學是留學生。

2. ① 佐藤<ruby>さとう</ruby>さんは 音楽<ruby>おんがく</ruby>の 先生<ruby>せんせい</ruby>です。　佐藤先生是音樂老師。

3. ④ 警官<ruby>けいかん</ruby>は 悪<ruby>わる</ruby>い 人<ruby>ひと</ruby>を 捕<ruby>つか</ruby>まえます。　警察逮捕壞人。

問題 2.

1. ② 私<ruby>わたし</ruby>は 医者<ruby>いしゃ</ruby>に なりたいです。　我想成為醫生。

2. ④ 京都<ruby>きょうと</ruby>には 外国人<ruby>がいこくじん</ruby>が たくさん います。　京都有很多外國人。

3. ① この小学校<ruby>しょうがっこう</ruby>の 生徒<ruby>せいと</ruby>は すばらしいです。　這個小學的學生很優秀。

問題 3.

1. ② 先生<ruby>せんせい</ruby>の （奥<ruby>おく</ruby>さん）も 先生<ruby>せんせい</ruby>です。　老師的夫人也是老師。

2. ③ 父<ruby>ちち</ruby>は （家庭<ruby>かてい</ruby>）を 大切<ruby>たいせつ</ruby>に して います。　父親重視家庭。

3. ④ 李<ruby>り</ruby>さんは 6人<ruby>ろくにん</ruby> （兄弟<ruby>きょうだい</ruby>）です。　李先生有6個兄弟姊妹。

問題 4.

1. ② 姉<ruby>あね</ruby>は 病院<ruby>びょういん</ruby>で 看護師<ruby>かんごし</ruby>を して います。
   姊姊在醫院從事護理師的工作。

2. ① 両親<ruby>りょうしん</ruby>は 外国<ruby>がいこく</ruby>に 住<ruby>す</ruby>んで います。　雙親住在國外。

3. ④ うちは 8人<ruby>はちにん</ruby> 家族<ruby>かぞく</ruby>です。　我們家是8個人的家庭。

問題 1

1. ① 庭に 猫が います。 庭院裡有貓。

2. ③ あの人は 村で 一番 偉い 人です。 那個人是村裡最偉大的人。

3. ④ 公園に 池が 3つ あります。 公園裡有3個水池。

問題 2.

1. ② あの子は 体が 弱いです。 那個孩子身體很弱。

2. ④ 兄は 頭が 良くて、顔も いいです。 哥哥腦子既好，顏值也高。

3. ② 歯が 痛いから、歯医者へ 行きます。
因為牙齒痛，所以要去看牙醫。

問題 3.

1. ③ 娘は （公園）で 遊んで います。 女兒正在公園裡遊玩。

2. ③ そろそろ （お腹）が 空きました。 肚子差不多餓了。

3. ④ 交差点の （角）を 曲がって ください。
請在十字路口的轉角轉彎。

問題 4.

1. ① 虫の 声が 聞こえます。 可以聽到蟲鳴。

2. ③ お婆さんに 道を 教えました。 告訴老奶奶路怎麼走了。

3. ② 最近 耳が 遠く なりました。 最近聽力變差了。

問題 1.

1. ③ お酒は 米で 作ります。　酒是用米做的。

2. ② 牛乳は 好きでは ありません。　不喜歡牛奶。

3. ② 私は 料理が 嫌いです。　我不喜歡做菜。

問題 2.

1. ② 豚肉を 切った後、味を 付けます。　切完豬肉後，要調味。

2. ② ご飯と パン、どちらが いいですか。　米飯和麵包，哪一個好呢？

3. ④ 何か 飲み物は ありませんか。　有沒有什麼飲料呢？

問題 3.

1. ① 海で 大きい （魚）を 釣りました。　在海裡釣了大魚。

2. ② 6時半に （夕飯）を 食べました。　6點半吃了晚餐。

3. ① 毎日 （野菜）を たくさん 食べましょう。　每天多吃蔬菜吧！

問題 4.

1. ④ 飴は 砂糖で 作ります。　糖果是用糖做的。

2. ③ どんな 果物が 好きですか。　喜歡什麼樣的水果呢？

3. ② お弁当に 肉を 入れて ください。　請在便當裡加肉。

實力測驗解答

問題 1.

1.④ 日本の 地下鉄は 複雑です。 日本的地下鐵很複雜。

2.② 外国人は 箸を 使いません。 外國人不使用筷子。

3.② いっしょに 映画を 見に 行きませんか。
要不要一起去看電影呢？

問題 2.

1.④ 茶碗と 箸を 用意して ください。 請準備碗和筷子。

2.② ホテルの 部屋に 灰皿は ありますか。 飯店的房間有菸灰缸嗎？

3.② コーヒーに 砂糖を 入れますか。 咖啡要加糖嗎？

問題 3.

1.② 娘は （絵）を 描くことが 好きです。 女兒喜歡畫畫。

2.④ 父は （電車）で 会社へ 通って います。 父親搭電車通勤。

3.③ （飛行機）が 空を 飛んで います。 飛機在空中飛著。

問題 4.

1.③ 音楽の 音を 小さく して ください。 請把音樂的聲音關小。

2.③ 私の 趣味は 写真を 撮ることです。 我的興趣是拍照。

3.② 醤油を ちょっと 入れてから、一時間 煮ます。
稍微放一點醬油之後，燉煮一小時。

問題 1.

1. ② あの店で 昼ご飯を 食べましょう。　在那家店吃午餐吧！

2. ④ 自分の 靴に 名前を 書いて ください。
請在自己的鞋子上寫上名字。

3. ④ 私は 背広を 持って いません。　我沒有西裝。

問題 2.

1. ② トランクケースに 服と 下着を 入れます。
把衣服和內衣褲放入行李箱。

2. ① りんごと トマトの 色は 赤です。　蘋果和番茄的顏色是紅色。

3. ② いろいろな 色を 使いました。　使用了各式各樣的顏色。

問題 3.

1. ④ 祖母は 散歩の 時、（帽子）を 被ります。
祖母散步的時候，會戴帽子。

2. ② 靴を 履く前に、（靴下）を 履きます。　穿鞋前要穿襪子。

3. ③ あの（黄色）の 車は タクシーです。　那台黃色的車子是計程車。

問題 4.

1. ③ 外国の 言葉は ぜんぜん 分かりません。　完全不懂外國的話。

2. ① 分からないから、地図で 探しましょう。
因為不知道，所以用地圖找吧！

3. ② 次の 交差点を 左に 曲がります。　要在下一個十字路口左轉。

實力測驗解答

問題 1.

1. ① すみません、戸を 閉めて ください。　不好意思，請關門。

2. ② とても 立派な 建物です。　非常宏偉的建築物。

3. ④ どこの 美容院で 切りましたか。　在哪裡的美容院剪的呢？

問題 2.

1. ③ 玄関に 鍵を 掛けます。　把鑰匙掛在玄關。

2. ② もう お風呂に 入りましたか。　已經洗過澡了嗎？

3. ① 台所で 何か 作りましょう。　在廚房做點什麼吧！

問題 3.

1. ③ 私の （家）は あの白い 建物です。　我家是那幢白色的建築物。

2. ③ 大きい （部屋）が 3つ あります。　大的房間有3間。

3. ② 食堂で （お手洗い）を 借ります。　在食堂借洗手間。

問題 4.

1. ④ 銀行は 9時からです。　銀行從9點開始。

2. ① 交番に お巡りさんが 2人 います。　派出所有2位警察先生。

3. ② 八百屋の 野菜は 新鮮です。　蔬果店的蔬菜很新鮮。

問題 1.

1. ③ 週末、いっしょに 海へ 行きませんか。
週末，要不要一起去海邊呢？

2. ① 曇りの 日は 洗たくしません。 陰天的日子不洗衣服。

3. ④ 春が 去って、夏が 来ました。 春去，夏來了。

問題 2.

1. ② 雪は とても 白いです。 雪非常白。

2. ② 今年の 夏は あまり 暑くないです。 今年的夏天不太熱。

3. ① 好きな 人に 花を 送ります。 送花給喜歡的人。

問題 3.

1. ② 毎朝 （犬）と 公園を 散歩します。 每天早上和狗到公園散步。

2. ③ 庭に （木）を 植えましょう。 在庭園種樹吧！

3. ④ この （岩）は 大きくて、堅いです。 這個岩石又大又堅硬。

問題 4.

1. ③ 公園に 猫が たくさん います。 公園裡有很多貓咪。

2. ① 晴れの 日、海へ 行きたいです。 想在天晴的日子去海邊。

3. ③ 傘を 持って、出かけましょう。 帶傘出門吧！

問題 1.

1. ④ それは 他<small>ほか</small>の 人<small>ひと</small>に お願<small>ねが</small>いします。 那個要拜託其他人。

2. ② 病気<small>びょうき</small>ですから、休<small>やす</small>みます。 因為生病，所以請假。

3. ③ 姉<small>あね</small>の 結婚<small>けっこん</small>が 決<small>き</small>まりました。 姊姊的婚事決定了。

問題 2.

1. ④ どんな 仕事<small>しごと</small>が したいですか。 想做什麼樣的工作呢？

2. ④ 弟<small>おとうと</small>が 花瓶<small>かびん</small>を 割<small>わ</small>りました。 弟弟打破花瓶了。

3. ④ この 鞄<small>かばん</small>は かなり 重<small>おも</small>いです。 這個包包相當重。

問題 3.

1. ③ 妻<small>つま</small>は スーパーへ （買物<small>かいもの</small>）に 行<small>い</small>って います。
   妻子去超級市場買東西了。

2. ② お（誕生日<small>たんじょうび</small>）、おめでとう ございます。 （祝您）生日快樂。

3. ④ どこかで （財布<small>さいふ</small>）を 落<small>お</small>としました。 錢包不知道掉到哪裡了。

問題 4.

1. ③ 石<small>せっ</small>けんで 手<small>て</small>を よく 洗<small>あら</small>いましょう。 用肥皂好好洗手吧！

2. ② 今月<small>こんげつ</small>の お金<small>かね</small>は もう ありません。 這個月的錢已經沒了。

3. ① 熱<small>ねつ</small>が あるから、病院<small>びょういん</small>へ 行<small>い</small>きます。 因為發燒，所以要去醫院。

問題 1.

1. ④ 冬休みに アメリカへ 旅行に 行きます。　寒假要去美國旅行。

2. ② 明日は 学校が 休みです。　明天學校放假。

3. ④ あの先生の 授業は 面白いですか。　那位老師的授課有趣嗎？

問題 2.

1. ② 大学で 何を 学んで いますか。　在大學學什麼呢？

2. ④ 図書館で 寝ないで ください。　請不要在圖書館睡覺。

3. ② この問題は ぜんぜん 分かりません。　這個問題完全不懂。

問題 3.

1. ② ビールを （冷蔵庫）で 冷やして おいて ください。
　　 請把啤酒先冰在冰箱。

2. ③ この漢字の （意味）が 分かりません。　不知道這個漢字的意思。

3. ④ 何か （質問）が ありますか。　有什麼疑問嗎？

問題 4.

1. ① この文章の 意味が よく 分かりません。
　　 不太清楚這個文章的意思。

2. ④ そろそろ 電気を つけましょう。　差不多該開燈了吧！

3. ② あなたの 番号は 何番ですか。　你的號碼是幾號呢？

實力測驗解答

問題 1.

1. ③　テレビの　上に　置きましょう。　放在電視上面吧！

2. ④　北の　国は　寒いです。　北方的國家很寒冷。

3. ①　山の　向こうは　海です。　山的對面是海。

問題 2.

1. ③　外に　誰か　います。　外面有誰在。

2. ②　銀行は　この先に　あります。　銀行在這個前面。

3. ①　鞄の　中に　入れましょう。　放進包包裡吧！

問題 3.

1. ②　家の　（後ろ）は　山です。　家的後面是山。

2. ③　コンビニの　（横）に　ポストが　あります。
　　　便利商店的旁邊有郵筒。

3. ④　机を　（縦）に　並べて　ください。　請把桌子排成縱列。

問題 4.

1. ②　授業の　後　先生に　聞きます。　上課後請問老師。

2. ④　右の　手が　痛いです。　右手痛。

3. ④　隣の　人は　外国人です。　隔壁的人是外國人。

問題 1.

1. ④ 娘に 荷物を 送りました。　寄東西給女兒了。

2. ② 時々、両親に 葉書を 書きます。　偶爾，會寫明信片給父母。

3. ② 切手は ここに 貼って ください。　郵票請貼在這裡。

問題 2.

1. ② 封筒を 3枚 ください。　請給我3個信封。

2. ① 今日は 何曜日ですか。　今天是星期幾呢？

3. ④ 父は 毎日 会社で 働いて います。　父親每天都去公司上班。

問題 3.

1. ② それは （箱）に 入れて ください。　那個請放到盒子裡。

2. ① 大学生の 娘に （毎月） 米を 送ります。
　　　每個月給讀大學的女兒寄米。

3. ③ この店は （おととい） 休みでした。　這家店前天休息。

問題 4.

1. ③ 友達から 手紙を もらいました。　從朋友那裡收到信了。

2. ② それは 父の 万年筆です。　那是父親的鋼筆。

3. ① 分からない言葉は 辞書で 調べなさい。
　　　不知道的詞彙要查辭典！

問題 1.

1, ④ 晩ご飯が できました。 晚餐做好了。

2. ② 今日の 昼は どこで 食べますか。 今天的中午要在哪裡吃呢？

3. ④ 午後、銀行へ 行きます。 下午，要去銀行。

問題 2.

1. ② 毎朝 何時に 起きますか。 每天早晨，幾點起床呢？

2. ③ 零から 十まで 数えて ください。 請從零數到十。

3. ④ ここまで 八時間 かかりました。 到這裡花了八小時。

問題 3.

1. ③ 大きい ケーキを （半分） 食べました。 吃了半個大蛋糕。

2. ② 今年で （五）年目に なります。 今年邁向第五年。

3. ④ ビールを （九本）も 飲みました。 啤酒喝了九瓶之多。

問題 4.

1. ② 校庭に 生徒が 大勢 います。 校園裡有很多學生。

2. ③ この学校は 全部 女です。 這所學校全部是女生。

3. ② 三年半 アフリカに 住んで いました。 住在非洲三年半。

問題 1.

1. ④ 娘は 三月から 学校に 行きます。 女兒從三月開始要去學校。

2. ④ 土曜日は 予定が ありますか。 星期六有約嗎？

3. ② さっき うちに お巡りさんが 来ました。
剛剛警察先生來我們家了。

問題 2.

1. ① 姉は いつも クラスで 一番です。 姊姊總是班上第一。

2. ② 皆さん、今から テストを 始めます。 各位，從現在開始考試。

3. ④ 駅の 前に 人が たくさん います。 車站前有很多人。

問題 3.

1. ② 毎年 （十二月）は とても 忙しいです。
每年的十二月非常忙碌。

2. ③ 会議は （金曜日）の 午後 二時からです。
會議從星期五的下午二點開始。

3. ① 桜は たいてい （三月）頃 咲きます。
櫻花大抵在三月左右綻放。

問題 4.

1. ③ 夏休みに 家族 みんなで 北海道へ 行きます。
暑假家族全員要去北海道。

2. ① これは 誰の 物か 分かりますか。 知道這是誰的東西嗎？

3. ④ 日曜日に 山登りを しましょう。 星期天去爬山吧！

問題 1.

1. ④ 先週、友達と 会いました。 上週，和朋友見面了。

2. ③ 今月から 外国人に 英語を 学びます。

從這個月開始，要跟外國人學英語。

3. ① 父は 急に 年を 取りました。

父親突然上了年紀。/ 父親突然老了。

問題 2.

1. ② 昨夜は 大雨でした。 昨晚下大雨。

2. ② 今晩、いっしょに パーティーに 行きませんか。

今晚，要不要一起去宴會呢？

3. ③ 昔、海外に 住んで いました。 從前，住在國外。

問題 3.

1. ② 今日は たぶん （夕方）まで 忙しいです。

今天大概到傍晚都很忙。

2. ④ （来週）、仕事で アフリカへ 行きます。

下週，因為工作要去非洲。

3. ① （来月）まで 毎日 試験が あります。

到下個月為止，每天都有考試。

問題 4.

1. ③ 今朝は 何を 食べましたか。 今天早上吃了什麼呢？

2. ② 二十歳まで お酒を 飲まないで ください。

二十歲之前，請勿喝酒。

3. ④ その頃、私は 図書館に いました。 那個時候，我在圖書館。

問題 1.

1.② チョコレートは　とても　甘いです。　巧克力非常甜。

2.① デパートで　黄色い　シャツを　買いました。
在百貨公司買了黃色的襯衫。

3.① わさびは　辛いですか。　芥末辣嗎？

問題 2.

1.② 信号は　今、赤いです。　號誌現在是紅色。

2.④ 暗いですから、電気を　つけましょう。　因為很暗，所以開燈吧！

3.② ここの　海の　水は　青いです。　這裡的海水是藍色的。

問題 3.

1.③ その商品は　もう　（ない）です。　那件商品已經沒了。

2.② もっと　（熱い）　スープが　飲みたいです。　想喝更熱的湯。

3.④ 私は　（いい）　大学に　入りたいです。　我想進好的大學。

問題 4.

1.③ 昨日は　天気が　悪かったです。　昨天天氣不好。

2.② 歯が　痛いですから、歯医者へ　行きました。
因為牙齒痛，所以去看牙醫了。

3.① 今年の　冬は　暖かいです。　今年的冬天很溫暖。

實力測驗解答

問題 1.

1. ④　子猫は　とても　小さいです。　小貓非常小。

2. ③　うちの　庭は　広く　ありません。　我家的庭院不寬闊。

3. ①　鳥の　足は　かなり　細いです。　鳥的腳相當細。

問題 2.

1. ③　先生の　家は　とても　大きかったです。　老師的家非常大。

2. ②　夫の　足は　長く　ありません。　丈夫的腳不長。

3. ②　妻の　バッグは　ほんとうに　高いです。　妻子的包包真的很貴。

問題 3.

1. ②　台風で　風が　（強い）です。　因為颱風，風很強。

2. ③　速度は　あまり　（速く）　ありませんでした。　速度不太快。

3. ②　学校の　トイレは　（汚く）なかったです。　學校的廁所不骯髒。

問題 4.

1. ②　卵は　昔から　安かったです。　蛋從以前就很便宜。

2. ①　駅は　いつも　人が　多いです。　車站人總是很多。

3. ④　このチームは　前より　弱く　なりました。
　　這個隊伍變得比以前弱了。

問題 1.

1. ② 彼女の　顔は　丸いです。　　她的臉是圓的。

2. ④ 昨日の　パーティーは　楽しかったです。　　昨天的宴會很開心。

3. ③ 何か　欲しいものが　ありますか。　　有什麼想要的東西嗎？

問題 2.

1. ② 昨日の　テストは　難しかったです。　　昨天的考試很難。

2. ② 部長は　まだ　若いです。　　部長還很年輕。

3. ④ マイケルさんの　国は　とても　遠いです。
麥克（Michael）先生的國家非常遙遠。

問題 3.

1. ④ 日本語の　授業は　（面白い）です。　　日語課很有趣。

2. ② 校長の　話は　いつも　（つまらない）。　　校長的談話總是很無聊。

3. ① その音楽は　（うるさい）ですから、好きでは　ありません。
那個音樂很吵，所以不喜歡。

問題 4.

1. ① 父は　毎日　とても　忙しいです。　　父親每天都非常忙碌。

2. ④ 先生の　話は　すばらしかったです。　　老師的講話很精采。

3. ① 夫の　ネクタイは　古いですから、捨てました。
丈夫的領帶很舊，所以丟掉了。

實力測驗解答

問題 1.

1. ③ 台湾の 夜市は 賑やかです。 台灣的夜市很熱鬧。

2. ① パソコンは たいへん 便利です。 個人電腦非常方便。

3. ① 彼は 日本で いちばん 有名な 作家です。
他在日本是最有名的作家。

問題 2.

1. ② 父は 体が とても 丈夫です。 父親的身體非常結實。

2. ② 彼は 大切な 会議に 遅れました。 他重要的會議遲到了。

3. ③ あの人は とても 立派な お巡りさんです。
那個人是非常了不起的警察先生。

問題 3.

1. ④ その話は （本当）ですか。 那件事情是真的嗎？

2. ② 夫に （綺麗）な セーターを もらいました。
從老公那邊獲得漂亮的毛衣了。

3. ② いつも （暇）な とき、何を しますか。
閒暇的時候，總是做什麼呢？

問題 4.

1. ② 私と 彼は 同じ 大学を 卒業しました。
我和他是同樣大學畢業的。

2. ① いちばん 好きな スポーツは 何ですか。
最喜歡的運動是什麼呢？

3. ④ コンビニの 仕事は 大変です。 便利商店的工作很辛苦。

問題 1.

1. ② すみません、ちょっと 待って ください。　不好意思，請稍等。

2. ③ 答えを 先生に 聞きました。　問老師答案了。

3. ④ 英語で 話して ください。　請用英文説。

問題 2.

1. ② ずいぶん 手紙を 書いて いません。　很久沒有寫信了。

2. ③ コンビニで 雑誌を 買いました。　在便利商店買雜誌了。

3. ② そこに 座らないで ください。　請不要坐在那裡。

問題 3.

1. ④ 私は タバコを （吸いません）。　我不抽菸。

2. ③ 人の 悪口を （言わない） ほうが いいです。
   不要講人家的壞話比較好。

3. ③ 朝 9時から ずっと （働いて） います。
   從早上9點一直在工作。

問題 4.

1. ② 最近は ほとんど 新聞を 読みません。　最近幾乎不看報紙。

2. ④ 妹の 誕生日に ケーキを 作りましょう。
   為妹妹的生日做蛋糕吧！

3. ④ 傘を 持って、出かけましょう。　帶傘出門吧！

問題 1

1. ④ そのニュースは 昨日(きのう) ラジオで 知(し)りました。
   那個新聞是昨天從收音機知道的。

2. ① 机(つくえ)の 上(うえ)に 置(お)いて ください。 請放在桌子上面。

3. ② 毎朝(まいあさ)、 走(はし)って います。 每天早上都跑步。

問題 2.

1. ② 今日(きょう)は 台風(たいふう)で 飛行機(ひこうき)は 飛(と)びません。
   今天因為颱風，飛機不飛。

2. ④ あの角(かど)を 曲(ま)がって ください。 請在那個轉角轉彎。

3. ③ 彼(かれ)は もう 家(いえ)に 帰(かえ)りました。 他已經回家了。

問題 3.

1. ③ 寒(さむ)いですから、家(いえ)の 中(なか)に （入(はい)りましょう）。
   因為很冷，所以進家裡吧！

2. ② 昨日(きのう)から 雨(あめ)が （降(ふ)って） います。 從昨天開始就下著雨。

3. ③ 祖父(そふ)は 田舎(いなか)に （住(す)んで） います。 祖父住在鄉下。

問題 4.

1. ③ 何時頃(なんじごろ) 学校(がっこう)へ 着(つ)きますか。 幾點左右到學校呢？

2. ② 外(そと)に 誰(だれ)か 立(た)って います。 有誰站在外面。

3. ① 棚(たな)に 本(ほん)を 並(なら)べて ください。 請把書排在架上。

問題 1.

1. ④ うちから 駅まで ３０分 掛かります。
從家裡到車站需要30分鐘。

2. ④ 空が 曇って います。 天空陰陰的。

3. ① 桜は いつ頃 咲きますか。 櫻花大約何時開呢？

問題 2.

1. ② 今日は 風が 吹いて いません。 今天風沒有在吹。

2. ② ここに 切手を 貼って ください。 請將郵票貼在這裡。

3. ② 起きてから、すぐに 歯を 磨きます。 起床後會立刻刷牙。

問題 3.

1. ② 午後、友達と （会います）。 下午，要和朋友見面。

2. ② 雨ですから、傘を （差し）ましょう。 因為下雨，所以撐傘吧！

3. ③ 天気が 悪いですから、海で （泳が）ないほうが いいです。
因為天氣不好，所以不要在海邊游泳比較好。

問題 4.

1. ④ ピアノを 弾くことが できますか。 會彈鋼琴嗎？

2. ② 家の 前に ビルが 建ちます。 家裡的前面要興建大樓。

3. ② お母さんを 呼んで ください。 請叫一下令堂。

問題 1.

1. ② 庭に 鳥が 死んで いました。 庭院裡有鳥死掉了。

2. ① 意味が ぜんぜん 違います。 意思完全不一樣。

3. ② 車が 壊れて、困って います。 車子壞掉，傷腦筋。

問題 2.

1. ① 彼女に プレゼントを 渡します。 把禮物交給女朋友。

2. ② 友達に 鉛筆を 貸しました。 把鉛筆借給朋友了。

3. ③ 赤ちゃんは まだ 生まれませんか。 嬰兒還沒生出來嗎？

問題 3.

1. ④ 娘は やっと 大人に （なりました）。 女兒終於長大成人了。

2. ② そこで シャワーを （浴びない）ほうが いいです。
不要在那邊淋浴比較好。

3. ② テストは もう （始まって） います。 考試已經開始了。

問題 4.

1. ② 子供の 世話を 夫に 頼みました。 拜託丈夫照顧小孩了。

2. ① 仕事は だいたい 何時頃 終わりますか。
工作基本上幾點左右結束呢？

3. ② 先生の 質問に 答えます。 回答老師的提問。

問題 1.

1. ② 新しい 単語を 覚えます。　記住新的單字。

2. ④ 外で 虫が 鳴いて います。　外面蟲鳴叫著。

3. ② 夫は 海外で パスポートを 無くしました。
　　丈夫在國外弄丟了護照。

問題 2.

1. ② 娘に 料理を 教えたいです。　想教女兒做菜。

2. ① 新しい 先生は 青い シャツを 着て います。
　　新老師穿著藍色的襯衫。

3. ④ 今日は スカートを 穿きましょう。　今天穿裙子吧！

問題 3.

1. ③ 息子は 黄色い 帽子を　（被って）　います。
　　兒子戴著黃色的帽子。

2. ③ 自分で ネクタイを　（締める）ことが　できますか。
　　會自己打領帶嗎？

3. ③ 息子は なかなか　（結婚）しません。　兒子一直不結婚。

問題 4.

1. ⑦ 見えないから、眼鏡を 掛けます。　因為看不到，所以戴上眼鏡。

2. ② ここで 靴下を 脱がないで ください。　請勿在此脱襪子。

3. ④ ペットに 餌を やりました。　餵飼料給寵物了。

實力測驗解答

問題 1.

1. ③ 服は （いつも） この店で 買います。 衣服總是在這間店買。

2. ① 母は （よく） カレーを 作ります。 母親經常做咖哩。

3. ② （もっと） 大きい ズボンは ありませんか。 有更大的褲子嗎？

4. ③ お酒は （あまり） 飲みません。 不太喝酒。

5. ④ 冷蔵庫の 中に ビールが （たくさん） あります。
   冰箱裡有很多啤酒。

6. ① 醤油を （少し） 入れて ください。 請加入少許醬油。

7. ② お皿は （すぐに） 洗って ください。 盤子請立刻洗。

8. ③ 息子は 試合で （また） 怪我を しました。
   兒子比賽時又受傷了。

問題 2.

1. ④ もっと ゆっくり 話して ください。 請再説慢點。

2. ① 検査の 結果は たぶん よく ありません。
   檢查的結果恐怕不好。

3. ② 父は まだ 会社に います。 父親還在公司。

問題 1.

1. ② 娘は （初めて） 一人で 旅行しました。

女兒第一次一個人旅行了。

2. ① 英語が （だんだん） 上手に なりました。

英語變得越來越厲害了。

3. ④ （しばらく） 家族と 会って いません。

好一陣子沒和家人見面。

4. ③ お客さんと 会った後、（まっすぐ） 会社へ 戻ります。

和客人見面後，會直接回公司。

5. ③ 子供たちは （すっかり） 大人に なりました。

孩子們完全長大成人了。

6. ④ 夫は 家事を （ぜんぜん） しません。 丈夫完全不做家事。

7. ① ケーキは （なかなか） うまく できました。 蛋糕做得相當好。

8. ④ 明日は （なるべく） 早く 学校へ 来て ください。

明天請盡可能早點來學校。

問題 2.

1. ① 今年の 夏は 特に 暑かったです。 今年的夏天特別熱。

2. ④ 先生の 病気は きっと 治ります。 老師的病一定會治癒的。

3. ① やはり あの人が 犯人でした。 那個人果然是犯人。

問題 1.

1. ④ 部屋の 中で （タバコ）を 吸わないで ください。
請勿在房間裡抽菸。

2. ③ （コップ）が 落ちて、割れて います。 杯子掉落，破了。

3. ② （ポケット）に 何か 入って います。 口袋裡放著什麼。

4. ④ 公園の （トイレ）は 汚いですから、入りません。
公園的廁所很髒，所以不進去。

5. ① 娘は （スカート）より ズボンが 好きです。
女兒比起裙子，更喜歡褲子。

6. ④ 今日は 寒いですから、厚い （セーター）を 着ましょう。
今天很冷，所以穿厚的毛衣吧！

7. ③ 上の （ボタン）を 押して、中に 入ります。
按上面的按鈕後，進到裡面。

8. ③ 自分の （シャツ）は 自分で 洗いなさい。 自己的襯衫自己洗！

問題 2.

1. ④ 私は ご飯より パンが 好きです。 我比起飯，更喜歡麵包。

2. ③ 風で ドアが 開きました。 門被風吹開了。

3. ③ 暑いですから、コートを 脱いだほうが いいです。
因為很熱，所以脫掉大衣比較好。

問題 1.

1. ③ 娘は 一人で （エレベーター）に 乗ることが できません。
女兒不敢一個人搭電梯。

2. ② どこの （ホテル）に 泊まって いますか。
投宿在哪裡的飯店呢？

3. ③ 日曜日、夫と （レストラン）で ご飯を 食べました。
星期天，和丈夫在餐廳吃飯了。

4. ② 台湾の （タクシー）は 黄色です。 台灣的計程車是黃色。

5. ③ 祖父は （レコード）を 聴いて います。 祖父正在聽唱片。

6. ① 学生の 時、（ラジカセ）で 英語を 勉強しました。
學生時，用收錄音機學習了英語。

7. ② 息子は いろいろな （スポーツ）が 得意です。
兒子擅長各式各樣的運動。

8. ① 新しい 年ですから、（カレンダー）を 買いましょう。
因為是新的一年，所以買月曆吧！

問題 2.

1. ③ 私は ギターと ピアノを 弾くことが できます。
我會彈吉他和鋼琴。

2. ② 父の テープレコーダーは まだ 聴くことが できます。
父親的錄音機還能聽。

3. ④ コピーを とって ください。 請影印。

問題 1.

1. ③　（マッチ）を　持って　いますか。　有火柴嗎？

2. ④　暖かいです。（ストーブ）が　ついて　いますか。
　　好暖和。是開著暖爐嗎？

3. ①　うちの　（クラス）は　女しか　いません。　我們班只有女生。

4. ①　日本の　（ポスト）は　赤いです。　日本的郵筒是紅色。

5. ④　（ベッド）の　上に　枕を　置きました。　把枕頭放在床上了。

6. ②　今日の　（テスト）は　とても　難しかったです。
　　今天的考試非常困難。

7. ①　（テーブル）の　下に　猫が　います。　桌子的下面有貓。

8. ②　ポケットの　中に　（ハンカチ）が　入って　います。
　　口袋裡放著手帕。

問題 2.

1. ①　弟は　オートバイに　乗ることが　できます。　弟弟會騎摩托車。

2. ②　成功の　可能性は　ゼロです。　成功的可能性是零。

3. ③　赤い　ボールペンで　直して　ください。　請用紅色的原子筆修改。

問題 1.

1.③ 10月です。（でも）、まだ 暑いです。　10月了。<u>但是</u>，還很熱。

2.④ さっき （誰）か 来ましたか。　剛剛誰來了呢？

3.③ 雨が 降りました。（そして）、試合は 中止に なりました。
<u>下雨了。然後，比賽取消了。</u>

4.② 海外の 生活は （いかが）ですか。　國外的生活<u>如何</u>呢？

5.② 昨日 （どうして） 休みましたか。　昨天<u>為什麼</u>請假呢？

6.① （じゃあ）、これから 飲みに 行きましょう。
<u>那麼</u>，現在就去喝一杯吧！

7.③ 勉強し（ながら）、音楽を 聴かないほうが いいです。
不要<u>一邊</u>讀書<u>一邊</u>聽音樂比較好。

8.③ そのコーヒーは （どんな） 味ですか。
那種咖啡，是<u>什麼樣的</u>味道呢？

問題 2.

1.② <u>それでは</u>、肉を お願い します。　<u>那麼</u>，麻煩（給我）肉。

2.① このカップは 一つ いくらですか。　這種杯子一個多少錢呢？

3.④ どの人が あなたの 弟さんですか。　哪個人是你弟弟呢？

時間

時間推移（年）

日文發音	漢字	中文翻譯
おととし	一昨年	前年
きょねん	去年	去年
ことし	今年	今年
らいねん	来年	明年
さらいねん	再来年	後年

「年」的累計

日文發音	漢字	中文翻譯
いちねん	一年	一年
にねん	二年	二年
さんねん	三年	三年
よねん	四年	四年
ごねん	五年	五年
ろくねん	六年	六年
ななねん、しちねん	七年	七年
はちねん	八年	八年
きゅうねん、くねん	九年	九年
じゅうねん	十年	十年

時間推移（月）

日文發音	漢字	中文翻譯
せんせんげつ	先々月	上上個月
せんげつ	先月	上個月
こんげつ	今月	這個月
らいげつ	来月	下個月
さらいげつ	再来月	下下個月

固定時間

日文發音	漢　字	中文翻譯
まいあさ	毎朝	每天早上
まいばん	毎晩	每天晚上
まいしゅう	毎週	每週
まいつき、まいげつ	毎月	每月
まいとし、まいねん	毎年	每年

「月份」的説法

日文發音	漢　字	中文翻譯
しょうがつ	正月	正月
いちがつ	一月	一月
にがつ	二月	二月
さんがつ	三月	三月
しがつ	四月	四月
ごがつ	五月	五月
ろくがつ	六月	六月
しちがつ	七月	七月
はちがつ	八月	八月
くがつ	九月	九月
じゅうがつ	十月	十月
じゅういちがつ	十一月	十一月
じゅうにがつ	十二月	十二月

「月」的累計

日文發音	漢　字	中文翻譯
ひとつき	一月	一個月
いっかげつ	一箇月	一個月
ふたつき	二月	二個月
にかげつ	二箇月	二個月
さんかげつ	三箇月	三個月
よんかげつ	四箇月	四個月

ごかげつ	五箇月	五個月
ろっかげつ	六箇月	六個月
ななかげつ、しちかげつ	七箇月	七個月
はちかげつ、はっかげつ	八箇月	八個月
きゅうかげつ	九箇月	九個月
じゅっかげつ、じっかげつ	十箇月	十個月
はんとし	半年	半年

時間推移（星期）

日文發音	漢　　字	中文翻譯
せんせんしゅう	先々週	上上星期
せんしゅう	先週	上星期
こんしゅう	今週	這星期
らいしゅう	来週	下星期
さらいしゅう	再来週	下下星期

「星期」的累計

日文發音	漢　　字	中文翻譯
いっしゅうかん	一週間	一個星期
にしゅうかん	二週間	二個星期
さんしゅうかん	三週間	三個星期
よんしゅうかん	四週間	四個星期
ごしゅうかん	五週間	五個星期
ろくしゅうかん	六週間	六個星期
ななしゅうかん、しちしゅうかん	七週間	七個星期
はっしゅうかん	八週間	八個星期
きゅうしゅうかん	九週間	九個星期
じゅっしゅうかん、じっしゅうかん	十週間	十個星期

「日」的累計

日文發音	漢　字	中文翻譯
いちにち	一日	一天
ふつか	二日	二天
みっか	三日	三天
よっか	四日	四天
いつか	五日	五天
むいか	六日	六天
なのか	七日	七天
ようか	八日	八天
ここのか	九日	九天
とおか	十日	十天

「日期」的說法

日文發音	漢　字	中文翻譯
ついたち	一日	一日
ふつか	二日	二日
みっか	三日	三日
よっか	四日	四日
いつか	五日	五日
むいか	六日	六日
なのか	七日	七日
ようか	八日	八日
ここのか	九日	九日
とおか	十日	十日
じゅういちにち	十一日	十一日
じゅうににち	十二日	十二日
じゅうさんにち	十三日	十三日
じゅうよっか	十四日	十四日
じゅうごにち	十五日	十五日
じゅうろくにち	十六日	十六日
じゅうしちにち	十七日	十七日
じゅうはちにち	十八日	十八日
じゅうくにち	十九日	十九日

はつか	二十日	廿日
にじゅういちにち	二十一日	廿一日
にじゅうににち	二十二日	廿二日
にじゅうさんにち	二十三日	廿三日
にじゅうよっか	二十四日	廿四日
にじゅうごにち	二十五日	廿五日
にじゅうろくにち	二十六日	廿六日
にじゅうしちにち	二十七日	廿七日
にじゅうはちにち	二十八日	廿八日
にじゅうくにち	二十九日	廿九日
さんじゅうにち	三十日	卅日
さんじゅういちにち	三十一日	卅一日

時間順序（毎日）

日文發音	漢　字	中文翻譯
おとといのあさ	一昨日の朝	前天早上
きのうのあさ	昨日の朝	昨天早上
けさ	今朝	今天早上
あしたのあさ	明日の朝	明天早上
あさってのあさ	明後日の朝	後天早上
おとといのばん	一昨日の晩	前天晚上
きのうのばん	昨日の晩	昨晚
ゆうべ	昨夜	昨晚
こんばん	今晩	今晚
こんや	今夜	今晚
あしたのばん	明日の晩	明天晚上
あさってのばん	明後日の晩	後天晚上

「整點」的說法

日文發音	漢　字	中文翻譯
いちじ	一時	一點
にじ	二時	二點
さんじ	三時	三點

よじ	四時	四點
ごじ	五時	五點
ろくじ	六時	六點
しちじ	七時	七點
はちじ	八時	八點
くじ	九時	九點
じゅうじ	十時	十點
じゅういちじ	十一時	十一點
じゅうにじ	十二時	十二點

「小時」的累計

日文發音	漢　字	中文翻譯
いちじかん	一時間	一個小時
にじかん	二時間	二個小時
さんじかん	三時間	三個小時
よじかん	四時間	四個小時
ごじかん	五時間	五個小時
ろくじかん	六時間	六個小時
ななじかん、しちじかん	七時間	七個小時
はちじかん	八時間	八個小時
くじかん	九時間	九個小時
じゅうじかん	十時間	十個小時

「分鐘」的說法

日文發音	漢　字	中文翻譯
いっぷん	一分	一分
にふん	二分	二分
さんぷん	三分	三分
よんぷん	四分	四分
ごふん	五分	五分
ろっぷん	六分	六分
しちふん、ななふん	七分	七分
はっぷん	八分	八分
きゅうふん	九分	九分

じゅっぷん、じっぷん	十分	十分
じゅうごふん	十五分	十五分
さんじゅっぷん、さんじっぷん	三十分	三十分

「分鐘」的累計

日文發音	漢　　字	中文翻譯
いっぷん	一分	一分鐘
にふん	二分	二分鐘
さんぷん	三分	三分鐘
よんぷん	四分	四分鐘
ごふん	五分	五分鐘
ろっぷん	六分	六分鐘
しちふん、ななふん	七分	七分鐘
はっぷん	八分	八分鐘
きゅうふん	九分	九分鐘
じゅっぷん、じっぷん	十分	十分鐘

量詞

數字（基本的數量詞）

日文發音	漢　　字	中文翻譯
いち	一	一
に	二	二
さん	三	三
し、よん	四	四
ご	五	五
ろく	六	六
しち、なな	七	七
はち	八	八
きゅう	九	九
じゅう	十	十

「物品」的單位

日文發音	漢　　字	中文翻譯
いっこ	一個	一個
にこ	二個	二個
さんこ	三個	三個
よんこ	四個	四個
ごこ	五個	五個
ろっこ	六個	六個
ななこ	七個	七個
はっこ	八個	八個
きゅうこ	九個	九個
じゅっこ、じっこ	十個	十個

「物品」的單位（和語用法）

日文發音	漢　　字	中文翻譯
ひとつ	一つ	一個
ふたつ	二つ	二個
みっつ	三つ	三個
よっつ	四つ	四個
いつつ	五つ	五個

むっつ	六つ	六個
ななつ	七つ	七個
やっつ	八つ	八個
ここのつ	九つ	九個
とお	十	十個

「百」的用法

日文發音	漢　字	中文翻譯
ひゃく	百	一百
にひゃく	二百	二百
さんびゃく	三百	三百
よんひゃく	四百	四百
ごひゃく	五百	五百
ろっぴゃく	六百	六百
ななひゃく	七百	七百
はっぴゃく	八百	八百
きゅうひゃく	九百	九百

「千」的用法

日文發音	漢　字	中文翻譯
せん	千	一千
にせん	二千	二千
さんぜん	三千	三千
よんせん	四千	四千
ごせん	五千	五千
ろくせん	六千	六千
ななせん	七千	七千
はっせん	八千	八千
きゅうせん	九千	九千

「萬」的用法

日文發音	漢　字	中文翻譯
いちまん	一万	一萬
にまん	二万	二萬
さんまん	三万	三萬
よんまん	四万	四萬
ごまん	五万	五萬
ろくまん	六万	六萬
ななまん	七万	七萬
はちまん	八万	八萬
きゅうまん	九万	九萬
じゅうまん	十万	十萬

「樓層」的說法

日文發音	漢　字	中文翻譯
いっかい	一階	一樓
にかい	二階	二樓
さんがい	三階	三樓
よんかい	四階	四樓
ごかい	五階	五樓
ろっかい	六階	六樓
ななかい	七階	七樓
はちかい、はっかい	八階	八樓
きゅうかい	九階	九樓
じゅっかい、じっかい	十階	十樓
なんがい	何階	幾樓

國家圖書館出版品預行編目資料

史上最強！30天搞定新日檢N5單字：
必考單字＋實用例句＋擬真試題 /
こんどうともこ著、王愿琦譯
-- 初版 -- 臺北市：瑞蘭國際, 2024.05
304面；17 x 23公分 --（檢定攻略系列；93）
ISBN：978-626-7473-01-6（平裝）
1. CST：日語 2. CST：能力測驗

803.189   113004290

檢定攻略系列93

史上最強！30天搞定新日檢N5單字：
必考單字＋實用例句＋擬真試題

作者｜こんどうともこ
譯者｜王愿琦
總策劃｜元氣日語編輯小組
責任編輯｜葉仲芸、王愿琦
校對｜こんどうともこ、葉仲芸、王愿琦

日語錄音｜こんどうともこ
錄音室｜采漾錄音製作有限公司
封面設計｜劉麗雪、陳如琪
版型設計、內文排版｜陳如琪

瑞蘭國際出版
董事長｜張暖彗・社長兼總編輯｜王愿琦
編輯部
副總編輯｜葉仲芸・主編｜潘治婷
設計部主任｜陳如琪
業務部
經理｜楊米琪・主任｜林湲洵・組長｜張毓庭

出版社｜瑞蘭國際有限公司・地址｜台北市大安區安和路一段104號7樓之一
電話｜(02)2700-4625・傳真｜(02)2700-4622・訂購專線｜(02)2700-4625
劃撥帳號｜19914152 瑞蘭國際有限公司
瑞蘭國際網路書城｜www.genki-japan.com.tw

法律顧問｜海灣國際法律事務所　呂錦峯律師

總經銷｜聯合發行股份有限公司・電話｜(02)2917-8022、2917-8042
傳真｜(02)2915-6275、2915-7212・印刷｜科億印刷股份有限公司
出版日期｜2024年05月初版1刷・定價｜400元・ISBN｜978-626-7473-01-6

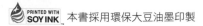